I0613774

DIEU
ET LA NATURE

POÉSIES POUR L'ENFANCE

PAR

Mlle M. TRÉCOURT

Ouvrage publié en 1865 sous le patronage de Lamartine

DEUXIÈME ÉDITION

AUGMENTÉE DE DIALOGUES HISTORIQUES, COMPLIMENTS
SUJETS DIVERS, ETC.

PARIS

LIBRAIRIE FRANÇAISE ET ANGLAISE

DE J.-H. TRUCHY, 26, BOULEVARD DES ITALIENS

—

1870

DIEU

ET LA NATURE

PARIS. — TYPOGRAPHIE A. HENNUYER, RUE DU BOULEVARD, 7.

DIEU

ET LA NATURE

POÉSIES POUR L'ENFANCE

PAR

Mlle M. TRÉCOURT

OUVRAGE PUBLIÉ EN 1865 SOUS LE PATRONAGE DE LAMARTINE

DEUXIÈME ÉDITION

AUGMENTÉE DE DIALOGUES HISTORIQUES, COMPLIMENTS
SUJETS DIVERS, ETC.

PARIS

LIBRAIRIE FRANÇAISE ET ANGLAISE

DE J.-H. TRUCHY, 26, BOULEVARD DES ITALIENS

1870

INTRODUCTION

Ceci, je dois commencer par le dire, n'est pas un recueil de pièces prises dans divers ouvrages : tous les sujets viennent du même auteur.

Mais un livre de vers pour l'enfance peut-il avoir quelque chance de succès ?

Il y en a tant !

Il y en a tant ! parole décourageante, écrasante, suffocante pour un auteur.

N'y a-t-il donc plus à glaner dans ce vaste champ de la pensée ouvert à toutes les imaginations?

Toute jeune, je faisais des vers. Pourquoi donc, me direz-vous, avoir choisi cet art si ingrat, si difficile et si peu lucratif?

Jeunes amies! votre question et ma réponse se trouvent dans ce vers de Lamartine:

> Mais pourquoi chantais-tu?
> Je chantais, mes amis, comme l'homme respire.
> Comme l'oiseau gémit, comme le vent soupire.
> Comme l'eau murmure en courant.

Je composais ; mais je ne me faisais pas une idée bien nette du genre que je voulais adopter. Ordinairement, soit qu'on écrive, soit qu'on ne s'en tienne qu'à la lecture, on a son auteur de prédilection: j'ai été fort longtemps avant de trouver le mien.

Cependant tous les livres qui m'ont passé sous les yeux, depuis Bouilly (toujours charmant bien que vieux) jusqu'à Chateaubriand, ont eu beaucoup d'attraits pour moi.

J'ai dévoré les *Contes* de Mme de Genlis, les charmants ouvrages de Mme Guizot et ceux de Mlle Trémadeure.

Puis le Tasse, Delille, C. Delavigne, ont eu ma part d'admiration. Walter Scott a vivement excité mon intérêt; ensuite les auteurs classiques ont eu leur tour.

Boileau m'aurait volontiers prêté une étincelle de son talent satirique... s'il ne s'était opéré soudain un revirement dans mes idées.

C'est à cette époque que les sublimes *Harmonies* de Lamartine me sont tombées entre les mains. Je ne les ai jamais lues qu'avec transport, enthousiasme, larmes. Que se passait-il en moi? Sans doute une voix intérieure me disait: « Et toi aussi, tu es poëte! »

C'est-à-dire, jusqu'alors tu n'étais rien; à présent, prends ton essor, tu as trouvé ton auteur de prédilection.

Il me serait inutile d'entreprendre ici l'éloge de cet illustre poëte : depuis longtemps il a été admiré, jugé, apprécié.

Je ne prétends donc rien dire de nouveau à cet égard, sinon qu'il y a une âme de plus qu'il faut ajouter aux milliers d'âmes éprises de son talent.

J'espère que la protection qu'il a bien voulu accorder à ce petit ouvrage me sera une garantie de succès.

DIEU ET LA NATURE

LA CRÉATION

Le monde était néant, ténèbres et silence ;
L'Éternel, s'abaissant vers ce chaos immense,
D'un seul regard conçut notre vaste univers
Avec tous ses trésors, tous ses instincts divers.
Il dit : sa voix puissante enfante la lumière ;
Puis la voûte d'azur vient saluer la terre ;
L'eau, se creusant un lit, forme les fleuves bleus,
Les vastes océans roulent majestueux ;
De mille fleurs, de fruits, la terre se décore ;
Des astres lumineux le firmament se dore.
Chaque élément se peuple, et des concerts joyeux,
En s'élevant dans l'air, viennent fêter les cieux.
Malgré tant de richesse, ô sublime nature,
Ton langage est muet : aucune créature
Ne comprend ta beauté, n'admire ta splendeur ;
Il faut, pour la chanter, la voix qui vient du cœur.

Ce grand œuvre est complet : l'homme a son origine,
Son âme est un rayon de la clarté divine,
Dont les impulsions illuminent ses yeux.
Il a le front serein, le port majestueux,
Il contemple, il jouit, il adore en silence ;
Roi des êtres créés, lui seul il sait, il pense.
Un soir que dans l'extase il trouve un doux sommeil,
Il commence un beau songe, et l'achève au réveil.
Une aimable compagne, à ses côtés assise,
Excite ses transports, son amour, sa surprise.
Elle est frêle ; il lui faut appui, protection ;
Sensible, un léger bruit lui fait émotion.
Tout les séduit, les charme en ce lieu de délice
Où la brillante fleur étale son calice,
Où s'incline vers eux l'arbre aux fruits succulents,
Où se couchent aux pieds les tigres, les serpents.
Heureux, ils vont bénir la bonté, la clémence
Du Dieu qui leur donna cette douce existence.

OU SE MANIFESTENT LES PERFECTIONS DE DIEU

Lorsque de la raison une lueur première
    Parut à votre esprit,
Voyant d'un beau matin la robe printanière,
    Enfants, vous avez dit :

Mère, qui donc a fait ce globe de lumière
    Dans l'espace tout bleu?
Et votre mère émue, et comme avec mystère,
    A répondu : C'est Dieu !

Et l'oiseau dans son nid, et le chêne superbe,
    Et la brillante fleur?
Et les rochers, et l'eau, l'insecte et le brin d'herbe ?
    Dieu seul en est l'auteur.

Dès lors votre pensée en sa première phase,
    Nouvel astre naissant,
A grandi, contemplant avec naïve extase
    Un Être tout-puissant.

Tout ce que vous voyez, tout a commencé d'être
    Pour un temps limité;
Mais le Dieu trois fois saint, mais le souverain Maître
    A toujours existé;

Toujours! De ce grand mot aucun ne peut comprendre
    Le sens mystérieux;
Si par nos vains efforts, nous voulions surprendre,
    Ce qu'il cache à nos yeux,

Comme le grain mouvant détaché de la masse,
    Par le souffle emporté,
Notre esprit confondu se perdrait dans l'espace
    Qu'on nomme immensité.

Dieu seul à son bonheur, Dieu seul pouvait suffire;
    Il a peuplé les cieux,
Il a voulu créer, il a voulu produire
    Pour faire des heureux.

De son trône à longs flots s'échappe la lumière,
    Son œil est plus brillant
Que le premier rayon dont l'aurore s'éclaire,
    Que l'astre étincelant.

Il plane sur la terre, enfants, car il nous aime
    De l'amour le plus doux.
Dans son cœur il puisa cette tendresse extrême
    De vos parents pour vous.

Juste et saint par essence, il abhorre le crime
    En sa difformité.
Afin de le punir il fit le noir abîme
    Pour une éternité.

Il sévit à regret contre l'homme coupable.
    Miséricordieux,
Sur le plus criminel, sur le plus misérable,
    Il jette encor les yeux.

Il veille avec amour sur toute créature,
    Ne répand que bienfait;
Par lui tout s'harmonise au sein de la nature
    Dans un ordre parfait.

Chaque être a son abri ; l'aigle construit son aire,
 L'insecte son réseau ;
L'hirondelle a son nid, et l'enfant a sa mère
 Auprès de son berceau.

S'il fait des orphelins, c'est qu'il veut sans partage
 Posséder leur amour.
Il veut sécher leurs pleurs ; il veut que leur langage
 L'implore chaque jour.

Il est partout ; il est dans l'air que l'on respire,
 Dans le rayon qui luit,
Dans l'épaisse forêt, dans le vent qui soupire,
 Dans l'ombre de la nuit.

O prodige inouï de grandeur, de puissance !
 A la fois en tous lieux,
Les plus sombres réduits de l'univers immense
 Sont lumière à ses yeux.

Soyez sages, enfants, car il vous voit sans cesse ;
 Donnez-lui votre cœur ;
Il est la source pure où la douce sagesse
 Vient puiser le bonheur.

GRANDEUR DE DIEU DANS LA NATURE

Dans ce grand livre ouvert appelé la nature,
    Enfant, apprends par cœur,
Chaque page est un chant où toute créature
    Rend gloire à son auteur.

Le printemps apparaît, et la brise est plus chaude,
    Et nos yeux réjouis
Contemplent, émaillant le tapis d'émeraude,
    L'éclat pur du blanc lis.

Dès l'aube du matin, brillant est le parterre,
    Riche le potager ;
Sur l'arbre, chaque fleur est un fruit qu'on espère
    Dans le riant verger.

1.

Ces produits variés qui naissent chaque année,
    Et du ciel nouveau don,
Ne redisent-ils point à notre âme étonnée :
    Il existe un Dieu bon?

Mille insectes de l'air aux ailes transparentes,
    Au corps frêle et léger,
Ont des instincts divers et des lois différentes ;
    On les voit voltiger,

Chercher au bord des eaux leur propre subsistance,
    Ou sur l'arbre naissant
Leur nombre, leur éclat, leurs formes, leur nuance
    Atteste un Dieu puissant.

Arrêtons nos regards sur la vaste étendue
    Au sein des océans;
La terre disparaît sous la vague et la nue
    Qui mêlent leurs flots blancs.

Ici l'âme s'élève et contemple en silence
    L'aspect majestueux,
Répète avec extase : Il est un Être immense
    Qui réside en tous lieux.

De la voûte du ciel sublime est le langage,
    Lorsque l'astre du jour
D'un reflet empourpré colore le nuage
    Au vaporeux contour.

La nuit descend : voici qu'un nouvel astre brille
    En son disque argenté.
Bientôt le firmament où l'étoile scintille
    Semble un monde enchanté.

L'aurore à son retour, l'aurore symbolique
    Ramenant la clarté,
Nous révèle un grand Dieu, un Être magnifique,
    Rempli de majesté.

L'oiseau, d'un vol léger, s'élance dans l'espace,
    Il module son chant,
Et dans les chauds climats parfois son aile efface
    La splendeur du couchant.

Ce poëte de l'air, avec sa voix si pure,
    Au réveil d'un beau jour,
Oh ! ne redit-il pas à toute la nature :
    Il est un Dieu d'amour !

PRINTEMPS ET FUNÉRAILLES

Il courait, il sautait, folâtrait dans la plaine,
Jouissait du printemps au retour d'un beau soir.
Il s'arrête, saisi d'une terreur soudaine ;
Les airs ont retenti des cris du désespoir.
Il regarde, il écoute... Un funèbre cortége
Vers le champ du repos s'avance lentement.
Le cercueil est petit, couvert d'un drap de neige ;
Une blanche couronne en fait tout l'ornement.
Tout tremblant, tout craintif, des yeux il cherche celle
Qui guide son enfance et dirige ses pas.
Par un instinct secret elle accourt, elle appelle,
Avec un doux transport le presse dans ses bras.
« Mère, vois donc là-bas ce coffre blanc qu'on porte,
Ces prêtres, cette femme aux vêtements tout noirs ;
Oh ! pourquoi pleure-t-elle ? — Ami, sa fille est morte,
Et son âme est au ciel déjà depuis deux soirs.

— Dieu, ne m'as-tu pas dit, est pour nous un bon père ;
Il nous donne les champs, le soleil et les fleurs ;
Pourquoi contriste-t-il le cœur de cette mère ?
N'a-t-il donc pas pitié de toutes nos douleurs ?
— A l'œil de Dieu, mon fils, aucun être n'échappe ;
Il connaît nos besoins, il entend nos soupirs ;
Il nous comble de biens, et pourtant il nous frappe,
Afin de modérer l'ardeur de nos désirs.
Sa bonté nous réserve à tous un meilleur monde,
Où les cœurs droits et purs se trouveront unis
Par des liens d'amour ; et de sa main féconde
Il versera sur nous des trésors infinis. »
L'enfant, tout sérieux, regagna sa demeure,
Car il avait compris que chacun doit souffrir ;
Qu'il est peu de beaux jours ici-bas ; qu'on y pleure,
Qu'on y vient séjourner pour apprendre à mourir.

A L'ASTRE DES NUITS

Sur ton char étoilé tu règnes sur le monde,
Et tes rayons d'argent se reflètent dans l'onde,
Dans les champs, dans les bois répandant leur lueur,
Et combattent des nuits la sombre profondeur ;
Aux mortels sa clarté semble un muet langage.
Depuis qu'au firmament tu brilles d'âge en âge,
Astre des nuits, dis-moi, qu'as-tu vu dans ton cours?
Que t'enseigne au départ l'ordre constant des jours ?
— Poëte, un même instinct fort souvent nous rassemble,
Et, puisque tu le veux, hé bien ! causons ensemble.
Bientôt, pour obéir aux lois de l'Eternel,
Il m'a fallu quitter les délices du ciel.
Alors dans leurs concerts me souriaient les anges;
Alors j'accompagnais les célestes phalanges
Aux régions des airs, dont jamais l'œil humain
Ne pourra concevoir l'éclat pur et divin.

Depuis que mon regard s'est penché vers la terre,
Il me fut révélé plus d'un triste mystère ;
Souvent des cœurs ingrats ont maudit ma clarté,
Et mon pouvoir secret par eux est redouté.
Mais à toi qui souris aux rêves du jeune âge,
Pourquoi te présenter de lugubres images ?
J'aime les doux transports d'un cœur sensible, aimant,
Et j'ai toujours chéri le poëte et l'enfant.
L'un, pensif et fuyant le vain fracas du monde,
Contemple avec bonheur mon image dans l'onde ;
Il me parle, il se tait... il écoute... et ma voix,
Docile à ses accents, lui répond quelquefois,
Tantôt dans un rayon blanchissant le nuage,
Tantôt au sein de l'onde, et j'inspire son chant ;
Et puis mon œil charmé s'arrêtait sur l'enfant
Près de sa mère assise ; en silence, à cette heure,
Elle dit : « J'ai besoin de devenir meilleure.
Dans cet astre au reflet si pur sur le flot bleu,
Je crois apercevoir comme un regard de Dieu. »
Son œil brille, en effet, sous ma blanche paupière,
Et l'on entend sa voix comme un divin accent
Murmurer, quand s'éteint chaque bruit de la terre :
« Remords au criminel ! paix au cœur innocent ! »

LES FLEURS

Dans les prés verdoyants, venez, venez, mes sœurs ;
Hâtons-nous de cueillir ample moisson de fleurs.
Tout dans ces lieux charmants au bonheur nous invite ;
Voyez, dans ses contours, rose est la marguerite ;
Là, croît la primevère, et plus loin le blanc lis ;
Ici, dans le courant, le bleu myosotis,
L'anémone légère au zéphyr se balance ;
Des reflets du couchant elle a pris la nuance,
Quelle riche récolte ! et quel riant matin !
Tressons une guirlande ici, sur le chemin.
A peine de nos pas l'on aperçoit la trace.
Mais vois parmi les fleurs cet étranger qui passe ;
Insouciant, distrait, il les foule du pied,
Les brise, les confond, les détruit sans pitié.
O ma sœur ! je me sens prête à verser des larmes !
Pourrais-je un jour aussi ne plus trouver de charmes

A ces aimables dons que Dieu met dans les champs?
Est-ce donc que le cœur se glace avec les ans?
L'étranger écoutait. Tout pensif, il s'arrête,
S'approche, et vers l'enfant il incline la tête...
« Oui, tout ce qui rayonne et scintille à vos yeux,
Tout ce qui fait l'objet aujourd'hui de nos vœux,
Dans votre âme, plus tard, ne saura prendre place,
Tel, à l'aube, un rayon que la lumière efface :
Quand le soleil des ans nous a mûri le cœur,
Froidement nous foulons le plaisir et la fleur. »

A UN OISEAU

Chante, petit oiseau, je me plais à t'entendre :
Tu sembles m'annoncer, pour la première fois,
Que le vent est léger, que la verdure est tendre,
Et que l'on voit des fleurs dans les prés, dans les bois.
Vole, petit oiseau, vers les saintes phalanges.
N'est-ce pas que tu peux t'élever jusqu'aux cieux,
Te reposer là-haut, puis écouter les anges
Dans les concerts si doux et si mélodieux ?
Puis tu reviens ici nous dire les merveilles
Que répand en tous lieux la main du Créateur.
Tu charmes notre vie, enchantes nos oreilles.
Que sans toi la nature aurait peu de splendeur !
Chante, petit oiseau ; le matin, chante encore.
Oh ! comme à mon réveil me plaisent tes accents !
Tu me parles du ciel, du zéphyr, de l'aurore,
De liberté, de fleurs, de gazons, de printemps.

PETIT JARDIN

I

Quand le printemps renaît avec ses premiers feux,
Là, tout porte à rêver et tout charme les yeux ;
Tout est enchantement pour ma muse étonnée.
Dans cette plate-bande avec art festonnée,
Croissent et la pensée au reflet velouté,
Et la rouge anémone, et l'œillet tacheté.
Dans un vaste bassin la carpe frétillante
S'agite en se jouant dans l'onde jaillissante,
Que l'on voit s'élever en gerbes de vermeil,
En perles, en rubis aux rayons du soleil.
A l'entour, et formant une large ceinture,
S'arrondit, se dessine un tapis de verdure.
Ici, la marguerite, en sa simplicité,
Étale sa fraîcheur, sa naïve beauté.

Sur la face des eaux se reflète, se penche.
Cet arbre funéraire à la rêveuse branche.
La fauvette l'habite, et ses tendres accents
Réjouissaient mon âme. Oh! que de doux moments
En ces lieux j'ai passés à songer en silence,
D'essais trop fugitifs jetant une semence!
Puis, mon esprit lassé parfois écoutait l'eau,
La feuille bruissante et le chant de l'oiseau.

II

Mais, quand revient l'hiver et son triste cortége,
Tout a changé d'aspect sous la froide saison.
Plus de fleurs, d'eau limpide, et plus de frais gazon;
Tout est enseveli sous un tapis de neige;
Sont encor verdoyants et le saule et le pin.
Les arbres d'alentour montrent leur tête grise,
Offrent leur cime nue aux fureurs de la bise
Dont l'écho nous redit le sifflement lointain.
Tel on voit d'un vieillard la tête qui s'incline,
Et se dépouille, hélas! sous le souffle des ans.
Comme l'arbre il devient le jouet des autans
Et comme lui subit la grande loi divine.
Mais entre leurs destins, c'est là le seul rapport:
L'un reprend sa parure à la bise première,
Et l'autre doit renaître au séjour de lumière
Où l'on ne connait point la souffrance et la mort.

LES ÉTOILES

Ma sœur, vois dans l'azur ces points d'or tout brillants ;
Qu'ils répandent d'éclat et qu'ils sont scintillants !
Oh ! comme l'hirondelle ou comme les fauvettes,
Si j'avais pour voler des ailes toujours prêtes,
Je prendrais mon essor vers le dôme azuré
Afin d'aller chanter dans un rayon doré.
Là, je verrais sans doute apparaître une fée,
Le pied dans un nuage et d'un astre coiffée.
— Tais-toi, petite sœur, ce langage est étrange ;
Et, ne sais-tu donc pas qu'au soir notre bon ange,
Caché dans une étoile, a l'œil ouvert sur nous ?
Il nous aime, nous garde, et nous protége tous ;
Un jour il nous prendra sous l'ombre de son aile,
Et notre corps, ayant une forme nouvelle,
Plus léger que l'oiseau, volera vers les cieux,
Où nous modulerons aussi des chants joyeux.

— Mais, pour nous transporter vers la pure lumière,
Nous enlèvera-t-il à notre tendre mère?
— Non, elle nous suivra dans un meilleur séjour,
Où près de Dieu, des saints, l'on ne vit que d'amour.

LES ANGES

Dieu dit; et, par l'effet de son souffle divin,
Un long enchantement va s'opérer soudain.
De célestes esprits, des légions nouvelles,
Apparaissent au sein des sphères éternelles.
Avec un rayon d'or de son brillant soleil
Le Créateur leur fit l'aile au reflet vermeil;
Ils ont plus de blancheur que le plus blanc nuage;
Les roses de l'aurore ont touché leur visage,
Et des flots de saphyrs, vaste océan des cieux,
Sont un miroir flottant et limpide à leurs yeux.
Bercés légèrement par le cours de cette onde,
D'un durable bonheur tout leur être s'inonde.
Contempler du Très-Haut la suprême beauté,
Est le pur élément de leur félicité;
Ravis, ils font entendre un hymne d'allégresse
Mélodieux, suave et plein de douce ivresse:

« Gloire au Dieu trois fois saint, louange à l'Eternel ;
      Admirons sa puissance
      Et sa magnificence ;
Il les fait éclater sur terre et dans le ciel.

« Au soleil des soleils, à la vive lumière,
      A la pure beauté,
      Pleine de majesté,
Salut, honneur, respect, gloire, amour et prière !

« Salut, ô roi des rois ! notre adoration
      Au Souverain des mondes !
      De nos lyres fécondes
Tirons de saints accords, ô peuple de Sion !

« Tu nous as donné l'être et la béatitude,
      Dieu d'amour, de bonté,
      Que la sainte cité
Retentisse à jamais d'un chant de gratitude. »

ILS SONT DÉCHUS

Dieu n'avait pas encore scellé l'auguste porte
De ce lieu d'innocence, et de paix, et d'amour ;
Voici que s'introduit dans la sainte cohorte
Un monstre malfaisant et soudain mis au jour.
Il est hideux, informe, il offre deux visages.
L'ange Michel le voit dans toute son horreur,
Il combat, il triomphe, et la suite des âges
A jamais chantera sa gloire, son bonheur.
Le monstre à Belzebuth dit : « Voici ton empire ;
A l'être tout-puissant s'égale ta beauté. »
Et beaucoup sont séduits ; Belzebuth en délire :
« Oui, dit-il, oui, j'irai m'asseoir à son côté ! »
Ils chantaient... Tout à coup s'obscurcit la lumière...
Un silence profond, lugubre, solennel,
Règne au séjour de gloire, et Dieu, dans sa colère,
S'écrie : « Allez, maudits, dans l'abîme éternel ! »

2

Leur nom d'ange à jamais est rayé du grand livre ;
Dans un torrent de flamme ils sont précipités.
Grand Dieu ! combien de temps leur faudra-t-il donc vivre
Dans cet affreux séjour par le feu tourmentés ?
O mon enfant ! frémis. On dit que leur horloge
En caractères noirs marque le mot : «Toujours ! »
Si quelque réprouvé s'approche, l'interroge :
« Combien dois-je compter et d'heures et de jours ? »
L'aiguille sur « jamais » sévèrement se pose.
Voilà, comme en ce lieu, s'explique éternité...
Qu'il la médite, et puis qu'il espère, s'il ose,
Devant l'horrible aspect de la réalité ..

O mes jeunes amis ! le monstre est sur la terre ;
Il vous cherche ; il voudrait vous déchirer le cœur.
Il est doux, caressant, il désire vous plaire,
Craignez de ses discours le langage trompeur.
Lorsque vous déployez vos belles boucles blondes
Qui sur votre cou blanc tombent en plis soyeux,
Ou bien, quand vous mirez dans le courant des ondes
Votre visage frais et l'éclat de vos yeux,
Il est là, vous disant : « La terre est ton domaine ;
Commande ! l'on t'écoute et t'admire en tout lieu. »
Enfants, il veut nous rendre ingrate, froide et vaine.
Beauté, fortune, esprit, qui donne tout ? C'est Dieu.

LE FRUIT DÉFENDU

La terre, dans l'Éden, produisait sans culture ;
Riche de tous ses dons se parait la nature.
Point de tristes frimas, point de nuage au ciel ;
Toujours des chants d'oiseaux, des fleurs et du soleil.
Dans les prés toujours verts des animaux dociles ;
Toujours des fruits dorés sur les branches fertiles.
Un arbre, parmi tous, semblait mystérieux,
Ève le contemplait d'un regard curieux.
« Oh ! pourquoi t'avancer ici d'un pas timide ?
De cet arbre interdit ne deviens point avide.
N'est-il nul autre fruit savoureux et vermeil ? »
Ainsi lui dit tout bas l'ange de bon conseil.
Mais de l'ange déchu plus doux est le langage :
« Dieu vous défend ces fruits ; il est prudent et sage,
Il en sait, croyez-moi, le pouvoir merveilleux ;
Goûtez-en, et bientôt vous deviendrez des dieux. »

Ces mots semblent pour Ève un rayon de lumière.
Un vertige d'orgueil la saisit, l'exaspère.
Elle cueille la pomme... elle en mange... ô douleur !
Adam partage aussi sa faute et son malheur.
Oh ! vous connaissez tous la terrible sentence,
Quand l'Eternel les tint courbés en sa présence.
Plus d'erreur... C'est un maître animé de courroux,
C'est un juge irrité, de ses pouvoirs jaloux.
Après un triste aveu, leur cœur tremble et palpite
La honte, le regret, la crainte les agite.
Devant un chérubin ils passent interdits,
Et ne rentrent jamais dans ce beau paradis.

CAIN ET ABEL

Vertueux, doux, soumis était le bon Abel,
Et de toute son âme adorait l'Éternel
Par un culte d'amour, hommage pur, sincère ;
Une offrande, voilà quelle était sa prière.
Comme un simple berger il gardait les troupeaux,
Et présentait à Dieu les plus gras, les plus beaux.
Toujours le feu du ciel consumait la victime ;
Du Seigneur et du juste, accord touchant, sublime.
Caïn, tout au contraire, avait un mauvais cœur ;
Ses sacriléges dons irritaient le Seigneur.
Un affreux sentiment empoisonnait sa vie ;
Contre son frère Abel il nourrissait l'envie.
Dieu qui sonde toute âme en ses profonds replis,
L'appelant, lui parla comme un père à son fils :
« Caïn, l'on ne peut rien cacher en ma présence !
Tu convoites d'Abel les vertus, l'innocence,

La paix dont il jouit, et pour lui mon amour.
Deviens bon ; sur ton cœur fais un juste retour,
Tu verras aussitôt se calmer ma colère,
Et tu partageras le bonheur de ton frère. »
Qui n'eût été touché d'un semblable discours?
Au contraire, Caïn s'endurcit pour toujours.
Un projet d'union lui semblait un martyre,
Et les bontés d'un Dieu ne lui pouvaient suffire.
Pour apaiser sa rage il lui fallait du sang !
Cachant son noir complot sous un air caressant :
« Viens, dit-il à son frère ; allons dans la campagne. »
Le juste est confiant; celui-ci l'accompagne.
Son regard est plus doux, et son front plus serein ;
Lui si candide, il croit à l'amour de Caïn.
A peine ont-ils atteint un lieu retiré, sombre,
Le lâche arme son bras, puis il frappe dans l'ombre,
Sur l'innocent Abel assouvit sa fureur,
L'assomme... puis lui-même est frappé de stupeur.
Malheureux! tremble encor! ton châtiment commence ;
Ta victime muette appelle une vengeance.
Dans un morne silence autour du criminel,
Terrible, retentit la voix de l'Éternel :
« Caïn, dit-il alors, qu'as-tu fait de ton frère?
L'infâme ose mentir quand il devrait se taire!
« Va, maudit ! en tous lieux inspire la terreur. »
Et Dieu le marque au front d'un sceau réprobateur.

SONGE DE JOSEPH

« Bercé par un beau rêve, et dans la solitude,
Que mon âme éprouvait de douce quiétude !
Un léger crépuscule, étendu sur ces lieux,
S'abaissait lentement, triste et mystérieux.
Mais d'un éclat nouveau voici que le ciel brille,
Dégagé de vapeurs, l'astre du jour scintille,
Et pourtant laisse voir l'astre pur de la nuit,
Cette reine timide et qu'un cortége suit.
Comme je contemplais le firmament sans voiles,
Mon regard tout surpris découvrit onze étoiles.
De ces corps lumineux ô magique pouvoir !
Ils vacillent... soudain ils semblent se mouvoir,
Inclinent devant moi leur face rayonnante
Comme pour m'adorer. » Vision étonnante,
Mais qu'il faut expier ! tes frères en fureur
Ont déjà résolu ta perte, ton malheur.

« Par cet orgueilleux songe, amis, que veut-il dire ?
Son étrange récit semble bien nous prédire
Que nos parents, et nous qui sommes ses aînés,
A ses genoux un jour nous serons prosternés.
Sa folle ambition a surpassé son âge :
Il mérite la mort... La mort ou l'esclavage... »
Voilà le sort cruel, enfant, qu'a mérité
Ton merveilleux récit, plein de naïveté.
Mais Dieu qui l'envoya, cette nuit lumineuse,
Et cette vision toute mystérieuse,
Dieu veillera sur toi. Vendu par trahison,
Calomnié, jeté dans la triste prison,
Voilà ce que l'envie ou la haine te donne.
Le ciel par ces degrés te rapproche du trône,
Et les astres, courbant leur face devant toi,
T'ont dit : Tu seras riche à l'égal d'un grand roi,
Un jour, et, sous la pourpre où toute vertu brille,
Tu verras à tes pieds s'incliner ta famille.

MOISE

Que mon fils est beau! le sceau de l'innocence
Est empreint sur mon front ; c'est mon bien, mon trésor;
Quel charme sur ses traits; quel air d'intelligence !
Je veux le caresser, le contempler encor.
Il sourit... son regard déjà s'anime et brille ;
Il entoure mon cou de ses deux petits bras;
Il fait tout mon espoir, compose ma famille,
Et je le dévouerais aux horreurs du trépas !
J'entends l'arrêt fatal me dire : Il faut qu'il meure !
Chaque instant qui s'écoule augmente son péril.
Que doux est son berceau! que chaude est sa demeure!
Et je le plongerais dans les gouffres du Nil!
Puis, le ciel inspirant la prévoyante mère,
Avec le jonc flexible, enlacé sous sa main,
Elle forme un doux nid, y place avec mystère
Le fils de son amour. Où sera-t-il demain?

« Demain ! mes yeux en pleurs contempleront sa tombe,
Et chercheront en vain son image en tous lieux.
A tant d'affliction, mon courage succombe ;
Me faudra-t-il survivre à ce malheur affreux ? »
Pourquoi donc tant d'angoisse et pourquoi tant d'alarmes ?
Tandis que chaque mère obéit à la loi,
Renferme sa douleur, verse en secret des larmes ;
Ce grand surcroît d'amour, tendre mère, pourquoi ?
Oh ! c'est que Dieu lui-même à ton cœur semblait dire :
Ton fils, je l'ai choisi, dans mes vastes desseins,
Pour délivrer son peuple, étonner, interdire,
Arrêter du tyran les actes inhumains.
Ainsi, tandis que seul, abandonné sur l'onde,
Il flottait, balancé par le courant de l'eau,
Dieu, qui l'avait nommé législateur du monde,
Mieux qu'un père veillait sur son frêle berceau.

COMMANDEMENTS

« Adore; » je dirai dans le fond de mon cœur :
Mon Dieu, vous êtes grand, puissant et magnifique;
Les anges, dans le ciel, chantent votre grandeur,
Comme eux je vous louerai par un divin cantique;
Vous m'ordonnez l'hommage, oh! quelle douce loi!
Puis-je la violer sans une ingratitude?
Le jour choisi par vous sera sacré pour moi;
J'inscrirai sur mon front : respect et gratitude;
Je ne prononcerai votre nom qu'à genoux,
Assistant plein d'amour au divin sacrifice;
Je n'exciterai point votre juste courroux
Par serments; mes discours seront sans artifice.
« Honore tes parents; » ce précepte divin
Me fut, dès le berceau, donné par la nature;
Dans le monde, sans eux, je chercherais en vain
Autant d'amour, autant de jouissances pures;

Ils comblent de bienfaits l'aurore de mes ans ;
Aux devoirs filials je veux être fidèle.
Vous donnez de longs jours aux cœurs reconnaissants,
En attendant les biens de la gloire éternelle.
« Tu vois mille défauts souvent dans le prochain,
Aime, endure, pardonne, use de patience,
Et n'es-tu point toi-même orgueilleux, inhumain ?
Avant de le blâmer, sonde ta conscience.
« Pardonne ! » Oh ! oui, Seigneur, je soumets mon esprit,
Et je courbe mon front sous cette loi sublime.
La haine est d'un cœur bas ; la vengeance la suit,
Et le remords toujours accompagne le crime.
« Ne mens pas... que toujours l'exacte vérité
Règne dans tes discours ; n'use point d'artifice ;
Ne garde point, d'autrui, le trésor emprunté,
Et dans tes actions fais régner la justice.
Sois pur ; garde ton cœur dans l'espoir et la foi. »
Je veux penser toujours que le Dieu de lumière,
Que le Dieu des vertus a l'œil ouvert sur moi :
L'amour m'inspirera le désir de lui plaire.

L'ÉGLISE

Enfants ! vos pieds légers ont touché le portique ;
Voici que du saint lieu les superbes contours
Ont frappé vos regards ; là tout est magnifique.
Plus de folle pensée, et plus de vains discours.
Quels sont tous ces tableaux ? des portraits de famille,
Ils étaient des chrétiens, humbles, bons et pieux.
Sur leur auguste front une auréole brille,
La palme est dans leur main, le ciel est dans leurs yeux.
Et puis une autre vie éloquente et sublime
Déroule ses grandeurs et son abaissement.
Ici, sur une croix, le Christ meurt en victime ;
La couronne épineuse est son seul ornement.
Là, c'est le Dieu de gloire, il resplendit, rayonne,
Et du sein de la nue il monte vers le ciel.
Il est aussi l'Agneau qui s'immole et pardonne ;
Il est le pain de vie enfermé sur l'autel.

Enfants, quand vous entrez dans la demeure sainte,
Soyez remplis de foi, de respect et d'amour.
Élevez votre cœur sans effort, sans contrainte;
Admirez, contemplez, adorez en retour.
Au Sauveur immolé, profonde gratitude,
Au Dieu puissant et fort votre adoration,
A l'Agneau votre amour pour sa mansuétude,
A la manne du ciel votre admiration.

PRIEZ

Oh ! dès votre berceau, priez, petite fille !
Dieu chérit vos accents, votre innocente voix ;
Il bénira pour vous votre heureuse famille,
Et vous serez un jour le peuple de son choix.
Priez ! il sied si bien à vos jeunes années
D'élever vos regards et vos mains vers le ciel
Lorsque vous commencez vos heureuses journées,
Et de chanter le soir un hymne à l'Éternel !
Peut-être en l'avenir vous oublierez ces choses ;
Le monde étalera ses pompes à vos yeux,
Et vous y paraîtrez en couronne de roses ;
On vantera vos traits et votre air gracieux.
Les plaisirs vous feront négliger la prière ;
Un jour enfin lassée et des larmes au cœur,
Seule... vous jetterez un regard en arrière :
Alors, j'étais enfant et j'avais du bonheur !

Je demandais à Dieu de grandir, d'être bonne,
A mes parents chéris d'accorder la santé.
Ingrate ! il m'exauça... dès lors, qu'il me pardonne !
Dites-vous, prosternée avec humilité.
Priez, petit garçon, quand faible est tout votre être ;
Quand vous êtes encor bon, simple, obéissant.
Adorez votre roi, votre souverain maître ;
Offrez-lui le tribut d'un cœur reconnaissant,
Car il vous donnera la force et la puissance ;
Il vous fera grand, riche et puissant ici-bas.
A vous brillant emploi, crédit, renom, naissance ;
A vous la liberté, le plaisir sous vos pas.
Loin de louer de Dieu la bonté, la clémence,
Peut-être dans votre âme aura place l'orgueil ;
Vous nierez ses bienfaits, jusqu'à son existence,
Et rarement la paix viendra vous fermer l'œil.
Un jour, des sons connus frapperont votre oreille :
« Mon Dieu, dans la vertu conservez mes parents !
Que sur eux en tous lieux ta providence veille !
Préserve-les, Seigneur, de revers, d'accidents ! »
Il prie... il croit encore... ainsi j'étais naguère,
Plein de foi, plein d'espoir dans le secours divin.
Comme lui j'écoutais les leçons de ma mère !
Qui m'a changé ? L'orgueil et le respect humain.

PRÉLUDE

Oh! bien souvent là-haut mes songes ont volé!
Après de sombres jours, quelles nuits lumineuses!
Après des pleurs amers, mon cœur tout consolé,
Joyeux, se dilatait sur les rives heureuses.
Enfant! oui, j'ai marché dans la sainte cité,
Oui, j'ai vu le Dieu bon, la cohorte des anges;
Parmi les chœurs divins ma voix faible a chanté
Des cantiques d'amour, de gloire et de louanges.

LE CIEL

Océan de lumière aux ondes jaillissantes,
Aux soudaines lueurs, aux splendides aspects,
Un horizon d'azur, des étoiles mouvantes:
Ainsi je vis le ciel aux magiques reflets.
L'espace, en un moment, de pourpre se colore.
Sous des astres brillants qui tous sont des soleils.
Parfois il se revêt des roses de l'aurore,
Et l'on voit tour à tour des fleurs, des fruits vermeils,
De tout petits oiseaux aux ailes toutes blanches,
Voletant, puis allant se reposer au loin
Sur cet arbre tout vert avec ses larges branches,
Qui réjouit les yeux dans l'espace sans fin.
L'Éternel m'apparaît... son être est la lumière
Qui forme vers sa base un orbe aux sept couleurs.
Il marque des anneaux dont la ligne dernière
Touche de l'horizon les légères vapeurs:

Son trône est d'améthyste environné de flamme,
Au reflet jaune, bleu, violet, rose et vert.
Qui saurait définir ce pur rayon, cette âme,
Cet œil si radieux sur nous toujours ouvert,
Cette blanche paupière, et ce saphir limpide
Révélant la grandeur de toutes les vertus,
Et dont l'attraction vous attache, vous guide?
Seul il pourrait suffire au bonheur des élus.
Sur neuf rangs gradués sont les légions d'anges.
Pour le trône et l'habit chaque ordre a sa couleur.
Dans les divers degrés de ces longues phalanges,
Quel faste ! quel attrait ! quel coup d'œil enchanteur.
Quels accents ont leurs voix ! quels doux sons a leur lyre !
Et que de poésie en leur hymne sacré !
Contemplant le Très-Haut, sa beauté leur inspire
Le sublime transport de leur cœur enivré ;
Ils adorent sans cesse ; et, bien plus que l'extase,
Le respect les remplit, et chacun a son cours
L'amour et ses douceurs, et sa sublime emphase,
Là-haut seul il est vrai ; seul il dure toujours !

DIALOGUES HISTORIQUES

3.

JOSEPH PARDONNE

JOSEPH.

Quoi! lorsque Pharaon vous comble de bienfaits,
Lorsqu'il vous introduit jusque dans son palais,
D'un odieux larcin vous vous rendez complices,
Et l'hospitalité vous encourage aux vices!
Sachez que, dès ce jour, je vous fais prisonnier.

JUDA.

De votre cour, seigneur, nous sommes les derniers,
Mais d'un pareil abus nos cœurs sont incapables;
Peut-être le hasard nous fait croire coupables.

JOSEPH.

Est-ce que votre vie est pure devant Dieu?

JUDA.

De notre bouche, hélas! vous faut-il un aveu?
Exigez-vous, seigneur, qu'ici l'on vous confesse
Des torts dont nous souffrons depuis notre jeunesse.

JOSEPH.

Non, non, je ne veux point de révélation.
Il pèse sur un seul une accusation ;
Celui-là dans ces lieux restera mon esclave.

JUDA.

Benjamin détenu pour une faute grave !
De grâce, suspendez un arrêt si fatal !
Il faut qu'on le ramène en son pays natal.
Si la réclusion doit être son partage,
A sa place, souffrez que je reste en otage !
Au moment de franchir la terre des Hébreux,
Lorsque d'une faveur l'on nous voyait heureux,
Emmenant avec nous notre plus jeune frère,
Nous étions rassemblés auprès de notre père :
« Qu'il parte ! nous dit-il, ce fils de mon amour,
Qu'il parte, mais aussi que soit prompt le retour !
J'eus deux fils de Rachel, l'épouse préférée,
De l'un je pleure encor la mort prématurée ;
Benjamin seul me reste, il réjouit mon cœur.
Oh ! s'il m'était ravi, j'en mourrais de douleur ! »
Et j'ai dit (de nous tous me faisant l'interprète) :
« Mon père, il reviendra, j'en réponds sur ma tête. »
Seigneur, de ce vieillard n'abrégez pas les jours,
Et laissez-vous fléchir enfin par ce discours.

JOSEPH, ému.

Rassurez-vous, amis, ce bon vieillard, je l'aime !

L'enfant qu'il pleure encor, sachez-le, c'est moi-même.

TOUS.

Joseph dans un palais, Joseph dans la grandeur !

JOSEPH.

Qu'il vienne ! et soit enfin pressé contre mon cœur,
Celui que j'opprimais quand parlait ma tendresse.

(Benjamin s'avance, les deux frères s'embrassent.)

Vous, mes frères, pourquoi sur vos fronts la tristesse ?

JUDA.

C'est que chacun de nous, hélas ! vient à songer
Que de tant de noirceur, vous allez vous venger.

JOSEPH.

Ignorez-vous qu'il est pour l'âme qui pardonne
Des charmes infinis que la clémence donne?
Le ciel eut ses desseins avant de m'élever.
Que de chagrins, de maux sont venus m'éprouver !
Je reconnais encor ici la Providence.
Dès lors, de mes destins, le plus beau jour commence.
Allez dire à Jacob que son fils n'est point mort,
Et qu'il se réjouisse en apprenant mon sort.
Que je reçoive enfin ses élans de tendresse ;
Qu'il vienne ! pour nous tous est ici la richesse.

FUREUR DE SAÜL

SAUL.

Mes jours sont réprouvés, pleins de fiel ici-bas,
Je cherche le repos et ne le trouve pas.
Du Dieu qui me délaisse, instrument de vengeance,
Ne viens pas m'irriter encor par ta présence,
Elle m'est un tourment; va, fuis loin de ces lieux.

DAVID.

Se peut-il qu'en ce jour j'offusquerais vos yeux?
Quand de sombres ennuis envahissaient votre être,
Vous causaient des transports dont vous n'étiez pas maître,
Les doux sons d'une harpe avaient seuls le pouvoir
De rendre à vos esprits la paix, même l'espoir.

SAUL.

Ils ne produisent plus cet effet sur mon âme,
Injuste possesseur des droits que je réclame;
Par de trompeurs accords tu prétends m'amuser.

Assez, assez longtemps tu vins à m'abuser.
Ne voyant plus en moi qu'un monarque en délire,
Tu me prends mon palais, mon sceptre, mon empire,
L'amour de mes sujets et les dons du Seigneur.
Et subissant mon sort dans toute sa rigueur,
Lorsque je me vois seul, déshérité sur terre,
Tu sembles m'insulter par ton destin prospère.
Plus je m'abaisse et plus tu sembles dominer,
Plus je languis et plus on te voit rayonner.
A ton ambition je ne suis qu'un obstacle,
Il te tarde d'agir et d'accomplir l'oracle.
Ta conduite me prouve, ainsi que tes discours,
Que tu nourris le plan d'attenter à mes jours.

DAVID.

Quel injuste soupçon, quel effroi vous anime?
Votre esprit chagriné ne voit partout que crime.
Quoi! d'un affreux complot je souillerais mon cœur,
Au mépris des bienfaits et des lois du Seigneur!

SAUL.

En effet, ton orgueil qui n'a point de limite
D'une accusation se révolte et s'irrite.

DAVID.

Ce juste orgueil m'est cher; il me fait repousser
Non-seulement le mal, mais le droit d'y penser.
O roi! votre discours qui m'outrage et m'accuse
Dans vos secrets ennuis trouve seul son excuse;

Plus d'une fois, sachez que j'eus entre les mains
Le nombre de vos jours, l'arrêt de vos destins ;
Mes efforts n'ont tendu qu'à votre délivrance :
De la grotte de Hen avez-vous souvenance ?
L'un de mes officiers vous voyant endormi :
Délivrons-nous, dit-il, d'un mortel ennemi.
— Arrête ! ne sois point impie et sacrilége !
J'attaque, mais en face, et ne prends point au piége.

SAUL.

Vous êtes, je le sais, magnanime, et de plus,
Vous osez aspirer à toutes les vertus.
Allez en d'autres lieux en faire l'étalage ;
Je les hais, et ne puis les souffrir davantage.
Ailleurs vous dresserez vos tentes, vos autels,
Et vous pourrez planer au-dessus des mortels.

DAVID.

Oui, je m'abriterai contre votre colère.
La longue inimitié que l'insulte peut faire,
La haine dont un cœur se laisse dominer,
Parfois fléchit encor et vient à pardonner.
Mais celle qui s'allume au foyer de l'envie
Nous consume et s'éteint à peine avec la vie.

SAMUEL NOMMÉ PROPHÈTE

SAMUEL.

Je rêvais que, vêtu d'une robe de lin
Et de l'éphod doré, j'offrais le sacrifice.
Le temple du Seigneur s'illumina soudain ;
Comme il resplendissait ! qu'il m'offrait de délice !
Mon cœur en ce moment se sentait réjoui ;
Dieu semblait y verser l'amour et la lumière.
Ce songe radieux, il s'est évanoui.
Une voix m'a parlé ; c'est celle de mon père.

LE SEIGNEUR.

Samuel ! Samuel ! ô mon fils, lève-toi

SAMUEL.

Oui, cette volonté, c'est un ordre suprême,
J'y cours ; et cependant, je tremble malgré moi.
Mon père, le voici, votre enfant qui vous aime.
Mais il repose encor d'un paisible sommeil,

Il ne m'appelle point et ce songe m'abuse ;
Pourtant des sons distincts ont causé mon réveil ;
Et la voix n'était point incertaine et confuse,
Sommeillons de nouveau...

LE SEIGNEUR.

Samuel ! Samuel !

SAMUEL.

Tout mon être tressaille, à cet accent sonore ;
Qui prononce mon nom ?

LE SEIGNEUR.

La voix de l'Eternel.

SAMUEL.

Quoi ! le Dieu tout-puissant d'un entretien m'honore !
Il s'abaisse vers moi, le souverain Seigneur !
Dans mes esprits troublés, désormais plus de doute.
Parlez, ô roi des rois ! votre humble serviteur,
Avec un cœur soumis se tait et vous écoute.

LE SEIGNEUR.

Toi qui dès ton enfance es fidèle à ma loi,
Sois de mes volontés le plus grand interprète.
Les peuples courberont leur tête devant toi,
L'envoyé de ton Dieu, le sage, le prophète.
Sur la maison d'Héli, j'avais jeté les yeux ;
Ses fils exerceront la sacrificature.
S'ils montrent un cœur droit, s'ils satisfont mes vœux,
Seront grands les destins de leur progéniture ;

Mais ils ont abusé de toute oblation,
Ils se sont engraissés du sang de la victime,
Loin de faire cesser la profanation,
Le grand prêtre semblait encourager leur crime.
Apprends-leur dès l'instant que leur temps est passé,
Et qu'ils n'atteindront point les jours de la vieillesse ;
Que le Dieu patient, de leurs forfaits lassé,
Permettra que soudain l'ennemi les oppresse.
Qu'il a déjà fait choix d'un sacrificateur,
Devant qui leurs enfants humilieront leur tête.
Va, mon fils ; cet arrêt est pénible à ton cœur ;
Mais il est immuable, et ma vengeance est prête.

JOB ET L'ÉTERNEL

(IMITÉ DE LA BIBLE.)

JOB.

Que maudit soit le jour où je vis la lumière !
Pourquoi tous mes instants comptent-ils tant de pleurs?
Pourquoi n'ai-je expiré dans le sein de ma mère ?
Pour un mortel c'est trop endurer de douleurs !
Dieu m'a pour mes péchés fait sentir sa colère,
Et d'autres l'ont trouvé miséricordieux;
Les ombres de la nuit ont fermé leur paupière ;
Avec l'aube du jour, ils ont ouvert les yeux.
Moi, je n'ai nul repos; la douleur me consume;
Tout mon corps se calcine et tombe par lambeau ;
Durant mes longues nuits, si pleines d'amertume,
Etre expirant je vois les horreurs du tombeau.
Dans ma vive souffrance, aucun ne me console ;
Ceux qui venaient jadis s'asseoir à mes festins,
Loin de me prodiguer quelque douce parole,

M'accablent de mépris et raillent mes destins.
J'avais de beaux troupeaux et de gras pâturages,
Des fils que j'élevais dans la loi du Seigneur,
On me comptait alors parmi les hommes sages,
Et confiant en Dieu, se dilatait mon cœur.
Les bienfaisantes eaux humectaient mes racines ;
La perle du matin, sur mes branches tremblait ;
Ma tête s'inclinait vers les choses divines,
Et mes pieds se baignaient dans des ruisseaux de lait.
Je me faisais porter un siége sur la place,
On était en silence et grave à mon aspect ;
Quelques-uns m'écoutaient en se voilant la face ;
Les jeunes et les vieux me montraient du respect.
Tout œil qui me voyait me rendait témoignage ;
L'oreille m'entendant me disait bienheureux ;
Les pleurs de l'affligé cessaient. A mon langage
La veuve et l'orphelin montraient un cœur joyeux.
Et je m'enveloppais du manteau de justice,
Sur ma tête posais la tiare équité ;
Du méchant déjouais la ruse, la malice,
Arrachais la victime à sa cupidité.
Le pauvre, le malade, en moi trouvaient un père ;
J'étais l'œil de l'aveugle et le pied du boiteux ;
Et je pensais couler ma vieillesse prospère,
Comme les grains de sable avoir des jours nombreux.
Loin de là, les plus vils et les plus misérables,

Indignes d'approcher des chiens de mes troupeaux ;
Des hommes de néant, traqués comme coupables ;
Vivant dans les rochers, ou dans le lit des eaux ;
Ceux-là me font subir leur grossière insolence ;
Je deviens leur jouet, car je suis plus bas qu'eux.
Envers moi, Dieu puissant, où donc est la clémence,
Et de ton serviteur, détournes-tu les yeux ?

L'ÉTERNEL.

Qui donc m'ose parler, et ne sait pas se taire ?
C'est toi, faible mortel ! réponds à mes discours ;
Etais-tu là, dis-moi, quand je fondai la terre,
Et lorsque j'établis les fleuves dans leur cours ?
Quand aux mers je donnai leurs bornes, leur limite,
Disant à l'Océan : « Tu n'iras pas plus loin ! »
Quand le soleil parut brillant dans son orbite,
Et lorsque la clarté salua le matin ?
De mes fils as-tu vu le triomphe et la joie,
Lorsque les portes d'or s'ouvrirent devant eux ?
Aux vents de l'Orient, as-tu montré la voie ?
A l'étoile as-tu dit : « Viens réjouir les cieux ! »
Tes soins ont-ils produit la goutte de rosée ?
Aux réservoirs d'en-haut crieras-tu : « Viens ici,
Cette terre a besoin d'être fertilisée ! »
La foudre répond-elle à ta voix : « Me voici ! »
As-tu déjà marché dans le fond des abîmes ?
Aux portes de la mort as-tu dit : « Ouvrez-vous ! »

Lumière, apparaissez et confondez les crimes !
Tempêtes, ouragans, apaisez mon courroux !
A l'homme, as-tu donné sa part d'intelligence ?
Au lion des forêts son port majestueux ?
Au paon son air superbe, au cheval sa vaillance,
A l'aigle son instinct de planer vers les cieux ?
Dis-moi, par ta sagesse engendres-tu ces choses ?
Me condamneras-tu pour te justifier ?
Obscurcis ma lumière, et lutte si tu l'oses !
Tâche donc par ta voix de me terrifier !
Répands autour de toi l'ardeur de la colère ,
Revêts-toi de ta gloire et de ta majesté ;
Inflige aux orgueilleux un châtiment sévère,
Et je m'inclinerai devant ta volonté !

JOB.

Seigneur, je ne suis rien, rien qu'un peu de poussière !
Je le sens, j'ai parlé comme un homme insensé ;
Vous êtes la grandeur, l'éclat et la lumière,
Vous voyez le présent, l'avenir, le passé.
Je ne connaissais pas toute votre puissance,
Mais vous avez daigné l'étaler devant moi ;
Je bénirai dès lors jusques à ma souffrance ;
Je me sens plein d'amour, de respect et de foi.

L'ÉTERNEL.

Mon fils, à ce langage exprimé par ta bouche,
Je reconnais dès lors mon ancien serviteur :

Tes maux sont à leur fin, ton triste sort me touche;
Pour toi je vais briser la coupe de douleur.
Je te rendrai des biens avec grande abondance,
Des troupeaux plus nourris, et trois fois plus nombreux;
Des fils dont on louera la beauté, la vaillance,
Et tu vivras longtemps, comblé de jours heureux.

JUGEMENT DE SALOMON

SÉBAH.

O roi ! dont j'entendis exalter la justice,
D'une mère écoutez les soupirs et les pleurs,
Et daignez déjouer la ruse, l'artifice
Qui cause en ce moment mes plus vives douleurs.

SALOMON.

Exposez donc ici le sujet de vos larmes.

TIMNAH.

Cette femme, Seigneur, va lasser votre esprit,
Par sa plainte importune et les vaines alarmes
Qui feront de sa part l'objet d'un faux récit.

SALOMON.

Lors même qu'on l'opprime, elle doit se défendre ;
Et si la vérité n'est point dans ses discours,
Quand elle aura parlé, vous vous ferez entendre :
L'innocent qu'on accuse intéresse toujours.

SÉBAH.

Loin de ma bouche, ô roi ! l'erreur et le mensonge !
J'ai le cœur droit malgré quelques égarements ;
Mais cette nuit, tandis que je faisais un songe,
On m'a ravi mon fils ; ô douloureux moment !
Le soir à mes côtés, il était plein de vie ;
Et je sens au réveil un corps inerte et froid ;
A ma compagne, hélas ! mon fils portait envie ;
   (le montrant)
Voilà l'objet chéri qui n'appartient qu'à moi.

SALOMON.

Ici vous vous troublez, et vous n'êtes pas claire ;
Il était, dites-vous, mort à votre côté !

SÉBAH.

Pas le mien.

SALOMON.

   Mais alors expliquez ce mystère.

SÉBAH.

Entendez donc, Seigneur, l'exacte vérité :
L'infâme que voici, mère dénaturée,
A pendant le sommeil étouffé son enfant ;
Regrettant, mais trop tard, sa mort prématurée,
Pour réparer sa faute, a pris mon fils vivant.
C'est pendant mon repos qu'elle en a fait l'échange.

TIMNAH.

Misérable ! tu mens, cet enfant est le mien.

Peux-tu voir en rêvant ? la chose est fort étrange !
Alors il eût fallu me disputer mon bien.

SALOMON.

Ainsi vous prétendez chacune en être mère ;
Je vous plains toutes deux ; l'une a le vice au cœur,
Et l'autre doit souffrir en son âme sincère
De ne pouvoir prouver ce qui cause l'erreur.

SÉBAH.

Mais voyez donc, ô roi ! dans ce petit visage,
Un semblant de sa mère est peint sur chaque trait !

TINMAL.

En le considérant encore davantage,
On peut bien dans l'enfant, découvrir mon portrait.

SÉBAH.

Impudente ! Oses-tu me regarder en face
En tenant un langage aussi vil, aussi bas ?
Ah ! que le Tout-Puissant confonde ton audace !

SALOMON.

Afin de terminer ces pénibles débats ;
Il est un seul moyen, le plus prompt, le plus sage ;
Apportez-moi l'enfant, et je le coupe en deux.

SÉBAH.

De grâce, épargnez-le !

TINMAL.

                  Faites-en le partage
Vous êtes juste, ô roi !

SÉBAH.

Mais ce serait affreux !
Donnez-le tout entier à cette créature,
Qu'il vive, s'il le faut je préfère souffrir !

SALOMON.

Ici je reconnais la voix de la nature !
Non, Sébah, de mes mains il ne doit pas mourir !
Gardez-le ; mais surtout donnez à son enfance
Avec les soins, l'amour, la crainte du Seigneur.

SÉBAH.

Merci, merci, grand roi ! quelle reconnaissance
Votre juste décret fait naître dans mon cœur !
Il est puissant, il a bien plus que la richesse
Celui que le Seigneur a comblé de ses dons.
Pour rendre un peuple heureux, il a cette sagesse
Qui discerne si bien les méchants et les bons.

LA RÉSURRECTION

UN DISCIPLE ET MARIE-MAGDELEINE

(D'après l'Évangile.)

LE DISCIPLE.

D'où vient aujourd'hui, Magdeleine,
Que ton visage est radieux ?
Hier dans la plus vive peine
Des pleurs encor mouillaient tes yeux.

MAGDELEINE.

Oh ! c'est que plus rien ne m'afflige,
Mon cœur dans la componction,
A pu contempler le prodige
Du jour de résurrection.

LE DISCIPLE.

Eh quoi ! serait-ce notre maître
Qu'ils ont fait mourir sur la croix ?
Tu dis l'avoir vu reparaître ?
C'est un beau songe auquel tu crois !

4.

MAGDELEINE.

Non, non, c'est la vérité même,
L'événement le plus certain :
Toujours dans la douleur extrême,
J'étais debout de grand matin ;
Ensemble nous dîmes la veille,
Avec Marie et Salomé :
« Il faut, tandis que tout sommeille ;
Que le Sauveur soit embaumé. »
Et nous partîmes dès l'aurore,
Avec des parfums précieux.
A l'heure où l'horizon se dore,
Que l'on voit de splendeurs aux cieux !
Jamais une aube plus brillante
Ne montra plus de majesté ;
Jamais à l'ombre défaillante
Succéda plus douce clarté.
Avant d'arriver au Calvaire,
Nous vînmes à nous consulter :
« Qui nous soulèvera la pierre
Qu'il faut douze hommes pour porter ? »
Nulle n'avait prévu l'obstacle,
Songeant au Sauveur tant aimé.
O surprise ! ô joie ! ô miracle !
Le sépulcre si bien fermé,
Le sépulcre se trouvait vide,

Plus de pierre ne le couvrait.
Nous regardant d'un œil timide,
Chacune crut qu'elle rêvait :
Un ange à la robe flottante
Etait assis sur le tombeau ;
Et moi je me sentais tremblante
Devant ce spectacle nouveau.
Il nous dit : « Oh ! soyez sans crainte :
Vous cherchez le Seigneur Jésus ?
Allez donc vers la ville sainte,
Non parmi ceux qui ne sont plus.
C'est lorsque de l'aube naissante,
Le premier rayon éclata,
Que de la tombe triomphante,
Dans sa gloire il ressuscita. »

LE DISCIPLE.

Courons vers la tombe divine
Où ce prodige s'accomplit.
Dans nos cœurs gravons la doctrine
De Notre-Seigneur Jésus-Christ.

MADELEINE.

Que mon âme joyeuse chante,
Un hymne de gloire et d'amour ;
Et qu'elle conserve vivante,
La mémoire de ce grand jour.

LE DISCIPLE.

Que ce miracle se propage
De nation en nation ;
Que l'on célèbre d'âge en âge
Du Christ la résurrection.

LE LENDEMAIN DE TOLBIAC

CLOTILDE.

Ils reviennent vainqueurs de la lutte sanglante,
Tous ces braves soldats et ces nobles guerriers,
Qu'en d'héroïques vers leur noble exploit se chante!
Que leur front rayonnant soit couvert de lauriers !
Pendant ce grand combat, j'ai versé bien des larmes;
Songeant à la valeur, aux forces des Germains,
J'implorais le Seigneur qu'il bénisse nos armes,
Qu'il ne nous livre pas en leurs brutales mains.

CLOVIS.

Longtemps pour les Gaulois la gloire fut douteuse,
Et l'ennemi semblait près de les terrasser.
Son coup d'œil était juste et sa manœuvre heureuse.
Nos soldats un moment parurent se lasser.
L'angoisse du danger m'inspira la prière;
« O Dieu que sert Clotilde, ai-je dit plein de foi,
Si tu me fais braver cette arme meurtrière

J'abjure ma croyance et n'adore que toi! »
Oui, ton Dieu, chère épouse, est puissant, magnanime,
A peine par ces mots mes vœux l'ont invoqué,
De mes braves, soudain, le zèle se ranime,
Et l'ennemi se voit vivement attaqué.
Notre sang-froid renaît ; une force invisible
Semble animer nos cœurs et soutenir nos bras.
Le Germain frémissant voit sa chute possible ;
Furieux, il résiste, il trouve le trépas..
Un échec le renverse... et nous crions : Victoire!

CLOTILDE.

Double conquête écrite à jamais dans les cieux !
Ton peuple désormais, bénissant ta mémoire,
Redira plein d'orgueil tes titres glorieux.
Oui, la Gaule par toi deviendra florissante ;
Se dégageant bientôt des langes de l'erreur,
Elle s'éveillera sous une ère naissante,
Et marquera son front du sceau de la grandeur.
Que béni, que loué, soit le Dieu des armées ;
Au chef dans la détresse, il a dit : Sois vainqueur !
A rendu le courage aux troupes alarmées,
En soutenant leur bras, il a conquis leur cœur !
Il a comblé mes vœux, la plus chère espérance
Dont jamais jusqu'alors je n'osais me nourrir,
Et ce nouveau lien, charmant notre existence,
Nous unira là-haut où rien ne peut périr.

JEANNE DEVANT CHARLES VII

CHARLES.

La voici donc enfin, cette jeune bergère,
Qui, dans sa noble ardeur, voudrait sauver son roi !
Qui sur les verts coteaux rêvant quelque chimère,
Compte naïvement sur notre bonne foi.

JEANNE.

Prince, ne croyez pas qu'un songe ici m'abuse,
Et que de vains projets m'amènent dans ces lieux ;
A toute illusion mon esprit se refuse,
Sainte est ma mission, car elle vient des cieux.

CHARLES.

Ta confiance en Dieu me touche, m'intéresse ;
Elle est de tes vertus le plus bel ornement.
Mais l'esprit qui s'exalte a parfois cette ivresse ;
Il n'y faut pas céder, crois-moi, trop promptement.
Pour mon malheureux sort, eh ! que prétends-tu faire ?

Marcher avec les miens et combattre l'Anglais?
A ton âge ce plan me paraît téméraire ;
Ils prendront Orléans comme ils ont pris Calais !

JEANNE.

Ils ne le prendront pas ! je sauverai la France !
O prince ! tu verrais ton royaume périr,
Et tu t'endormirais dans ton insouciance,
Quand l'avide ennemi voudrait tout conquérir !

CHARLES.

J'admire cette ardeur qui t'excite et t'inspire,
Sans doute tu pourrais lutter avec Dunois?
Mesurer ta valeur à celle de Lahire?
Ces braves sont fameux par leurs nombreux exploits.
Peux-tu même égaler un seul de leur escorte?

JEANNE.

Je le sais, je parais un enfant à leurs yeux.
Mais, dois-je l'avouer, plus qu'eux je me sens forte,
Et bien plus que leur bras, mon bras est belliqueux.

CHARLES.

Quoi ! dans cette jeune âme, une si grande audace !

JEANNE.

O roi ! de mes discours cesse de t'étonner :
Tes plus braves guerriers, ma valeur les efface
Par l'appui souverain que Dieu veut me donner.
Ecoute : je ne suis qu'une pauvre bergère ;
Mais mon cœur est rempli de nobles sentiments.

Jeune, l'on m'inspira l'amour de la prière,
Et devant le Seigneur, que j'eus d'heureux moments !
Il m'a souvent parlé ; sa voix mystérieuse
M'a dit dans le silence et le repos des nuits :
« Ton existence un jour deviendra glorieuse,
Il te faut affronter la guerre aux mille bruits,
Les plus vaillants sont las ; ils profèrent la plainte ;
Va, va les ranimer, combats à leur côté.
Sur le front de ton roi, fais verser l'huile sainte,
Et rends à ton pays l'honneur, la liberté. »
Et moi j'ai tressailli... telle au sortir d'un rêve,
L'âme dans le réel cherche à se retremper.
Mais cette vision se complète, s'achève ;
Elle est toute divine, on ne s'y peut tromper.
La vierge bien souvent m'apparaît rayonnante,
Et de sa douce voix ce sont mêmes discours.
Va tenter les combats, tu seras triomphante,
A la France qui souffre accorde ton secours.
Ce n'est pas tout encor : deux saintes couronnées
Viennent m'encourager dans ce vaste dessein ;
Elles sont tout en blanc, d'un voile environnées,
Leur front est radieux, un sceptre est dans leur main.
Sans cesse se présente à mes yeux cette image,
Et j'entends retentir de célestes accents ;
Il leur faut obéir sans tarder davantage.
Courons à la victoire ! ô Charle ! il en est temps.

CHARLES.

Tu le veux ! en dépit de ta faible nature,
Hé bien ! va donc trouver mon premier écuyer.
A ton corps délicat il donnera l'armure,
A tes jeunes talents quelque fier baudrier.
Du hasard des combats tu n'es point alarmée ?
Tu ne tremblerais pas en voyant mille morts ?

JEANNE.

Non ! non !

CHARLES.

S'il est ainsi, commande mon armée,
Et puisse le Seigneur couronner tes efforts.

BOURBON ET SAINT-VALLIER

BOURBON.

Un ami malheureux te désire et t'appelle,
Pour décharger son cœur, l'épancher dans le tien,
Te confier ses plans dans leur marche nouvelle,
Et pour te consulter par un court entretien.
Mais jure-moi d'abord devant ce reliquaire
De ne point révéler un important projet.
Parcelle de la Croix, soyez dépositaire
De sa fidélité comme de mon secret !

SAINT-VALLIER.

Compte sur mes serments, compte sur ma parole.

BOURBON.

L'amour de la duchesse a causé tous mes maux,
Sa haine, tu le sais, sa haine la console,
Et pour moi, chaque jour, a des revers nouveaux.

SAINT-VALLIER.

Le roi ne blâme-t-il cette injuste colère?
Demande une audience; il y peut mettre un frein.

BOURBON.

Mais toi qui le défends, tu connais sa disgrâce,
Dans ses ressentiments il ne saurait changer;
Il peut me dépouiller, m'exiler; quoi qu'il fasse,
De tant de maux divers j'arrive à me venger.
Avec ses ennemis j'ai quelque intelligence,
Je possède déjà, promesse, engagements;
Charles prise beaucoup ma future alliance
Qui présage pour lui d'heureux événements.

SAINT-VALLIER.

Cher cousin, comptes-tu sur l'amitié sincère
Que je ressens pour toi, qu'augmentent tes malheurs?

BOURBON.

J'y compte, et je crois même en toi trouver ce frère
Que je perdis jadis, qui me coûta des pleurs.

SAINT-VALLIER.

Ce frère bien-aimé, par ma voix crois l'entendre;
Ses conseils, est-il vrai, tu les eus écoutés?
Quelle douleur pour lui, quelle douleur d'apprendre
De si fatals complots par la haine dictés.
Et quoi! tu veux te perdre ou perdre la patrie?
La vengeance, crois-le, te fait un triste sort.
Ton secret dévoilé, ta mémoire est flétrie,

Et traître tu subis la plus honteuse mort.
Consommer ton projet, c'est immoler ta gloire ;
Combattre des amis, c'est immoler ton cœur.
Et tu t'applaudirais après une victoire
Qui marquerait ton front du sceau du déshonneur.
Veux-tu de tes parents bâtir le mausolée ?
Veux-tu donc que ton nom soit haï, détesté,
Et que la France un jour, la France désolée
Le dise avec mépris à la postérité ?
Voilà donc les malheurs que le pays doit craindre.
La source ? cherche-la dans un cœur torturé.
La duchesse t'aimait... eh ! tu devrais la plaindre !
Pour trouver la fureur elle a souffert, pleuré.
François dans ses arrêts n'est point inexorable ;
Lui peignant tes douleurs, tu pourrais l'attendrir.
Quand il se montrerait sévère, impitoyable,
Devrais-tu dévouer tous les tiens à souffrir ?
Tournerais-tu ton bras contre des frères d'armes ?
Des compagnons d'enfance ou de jeunes guerriers
Qui, les regards sur toi, se voyaient sans alarmes,
Aimaient sous tes drapeaux à cueillir des lauriers ?
Au nom de cet ami, dont la gloire t'est chère,
Et que tu vis périr sur le champ de l'honneur
Ne foule pas aux pieds tout ce que l'on révère ;
Sa cendre, dans la tombe, en frémirait d'horreur.

BOURBON.

Hélas! de tes conseils je comprends la justesse,
Mais les puis-je écouter? que dois-je devenir?
Ils m'ont tout pris ; ils m'ont réduit à la détresse,
Enlevé mon crédit, brisé mon avenir.

SAINT-VALLIER.

Laisse-moi déplorer cet excès d'infortune,
Et laisse-moi mêler mes pleurs avec tes pleurs.

. . . .

Sache en héros braver les coups de la fortune,
Et songe qu'un ami partage tes douleurs.

BOURBON.

Quel baume consolant, ta parole me donne !
Mon chagrin disparaît sous ta vive amitié,
De si fatals projets, oui, je les abandonne,
Et pour toi je renonce à mon inimitié [1] !

SAINT-VALLIER.

Mes efforts ont enfin vaincu ta résistance.
Loin, loin de ton esprit la noire trahison ;
Oh ! ne compromets pas l'avenir de la France.
Oh ! ne souille jamais l'honneur de ta maison !

[1] Il n'y renonça que momentanément.

DERNIERS MOMENTS DE BAYARD

LE CONNÉTABLE DE BOURBON.

Quoi ! le brave Bayard est gisant en ces lieux
Et sur le pied d'un arbre il repose sa tête !
Est-ce là le destin d'un héros valeureux
Pour qui chaque combat était une conquête ?

BAYARD.

Moins que le tien mon sort est digne de pitié !

BOURBON.

Comment ! lorsque je puis proclamer la victoire !
Je te vois dans mes mains ; mais point d'inimitié;
Moi, vainqueur, je t'épargne et respecte ta gloire.

BAYARD.

Eh ! que m'importe à moi ta générosité ?
Que me font la faveur et la bonté d'un traître ?
Mes jours sont à leur fin ; chaque instant m'est compté,
Et devant l'Éternel, je n'ai plus qu'à paraître.

BOURBON.

Eh quoi! dans ce moment tu viens à m'insulter.

BAYARD.

Puis-je te contempler avec indifférence?
Puis-je ne pas laisser ma colère éclater
Quand je vois un Bourbon s'armer contre la France,
S'exciter d'une ardeur, d'un courage insensé,
Détruire sans remords des amis, des confrères,
S'applaudir plein d'orgueil du sang qu'il a versé
Quand il a dévasté le foyer de ses pères?

BOURBON.

Mon orgueil est celui d'un cœur qui s'est vengé;
L'ardeur qui me possède et dès longtemps m'anime,
Est la même aujourd'hui; mais de but a changé:
Il me fallait punir l'injustice et le crime,
Devais-je consentir à la proscription;
Devais-je être un objet de mépris et de haine?

BAYARD.

Il fallait endurer la persécution;
Un grand cœur la surmonte et sait la rendre vaine,
Il fallait être digne au milieu du malheur;
C'est le fait d'un héros qui souffre et qui pardonne.
Mais se venger ainsi c'est faillir à l'honneur,
Et l'on faillit deux fois, si près de la couronne.

BOURBON.

De pareils sentiments sont bien ceux d'un Bayard!

Eh ! qui peut soutenir un si beau caractère ?
Pour renverser mes plans il est déjà trop tard.
Je le sens, j'ai cédé trop vite à la colère ;
Cependant mon regard s'arrête ici sur toi,
Le destin d'un héros n'est pas si beau qu'on pense ;
Toi qui servis toujours ton pays et ton roi,
Pour tant de dévouement, quelle est ta récompense ?

BAYARD.

Cesse de déplorer ma défaite et mon sort,
Tandis qu'à tes serments tu te rends infidèle ;
Plutôt que les trahir, mille fois vaut la mort.
Moi je te plains de vaincre et de vivre en rebelle.
Oui, pour mon souverain, mon bras fut toujours prêt,
Ma moisson de lauriers ne sera point flétrie ;
A mes derniers moments je me vois sans regret,
Je meurs, et j'en suis fier, car c'est pour la patrie.

ENTREVUE A AIGUES-MORTES

CHARLES-QUINT, FRANÇOIS Ier.

CHARLES-QUINT.

Voici donc en ces lieux deux mortels ennemis :
A quels rudes combats leurs destins sont soumis!
Il en est temps, François, il faut enfin te rendre ;
Quels sont tes droits dès lors, et qu'oses-tu prétendre ?

FRANÇOIS.

Mes droits, mes intérêts et ma prétention
Tendent à s'opposer à ton ambition.
Tu veux tout envahir dans ton humeur altière,
Et mon bras contre toi défend l'Europe entière.

CHARLES.

François, je le sais bien, fait preuve d'un grand cœur.
Mais ses forces n'ont point égalé sa valeur.

FRANÇOIS.

D'un fameux souverain je perdis l'alliance,
Il connaissait si bien quelle était sa puissance,

Qu'il disait, confiant dans l'appui de son bras :
« Celui que je défends est le maître ici-bas. »
Oui, dans nos grands assauts, le sort me fut contraire,
J'ai vu tomber les miens sous l'arme meurtrière ;
Où sont tous ces héros si grands sous l'étendard,
La Trémouille, Lescun, l'intrépide Bayard ?
En eux j'ai tout perdu...

CHARLES.

     L'honneur encor te reste :
Que le destin nous soit favorable ou funeste,
D'un ennemi puissant rendu victorieux,
Se voir l'antagoniste est encor glorieux ;
Etre grand et loyal au sein de l'infortune,
Ne laisser échapper nulle plainte importune ;
Montrer un noble cœur au milieu des revers,
Même pendant la lutte et jusque dans les fers ;
Ainsi nous avons vu le monarque de France,
Et son digne courage hâta sa délivrance.
Mais s'il vise au renom de haute probité,
Pourquoi n'est-il fidèle à la foi d'un traité ?
Un traité serait-il, à ses yeux, chose vaine,
Et d'être respecté ne vaudrait-il la peine ?

FRANÇOIS.

Hélas ! me fallait-il ce souvenir amer ?
Si je répète un jour que l'honneur me fut cher,
Une voix du passé viendra me contredire,

Le mot fourbe à mon nom dès lors pourra s'inscrire!
Non, nul n'est obligé de garder un serment
Qu'arrache la douleur, l'angoisse du moment;
Tes rigueurs m'ont brisé dans la force de l'âge,
Quelque temps, et la mort eût été mon partage.

CHARLES.

Oublions le passé ; que not   inimitié
Se change dès ce jour en sin   re amitié.
Nous défendons chacun des int   ts contraires ;
Le sort le veut ainsi, pourtant n   s sommes frères,
Terminons nos débats et concluons la paix.

FRANÇOIS.

Laisse-moi donc dès lors des droits au Milanais.

CHARLES.

Ils te seront acquis ; mais fais-moi la promesse,
Aux Gantois révoltés d'être opposé sans ce   e.

FRANÇOIS.

Je te dois à mon tour quelque concession :
Tu pourras les réduire à la soumission;
Et pour ce grand combat, je t'assure d'avance,
De te faciliter le passage de France.

COMPLIMENTS

A UNE INSTITUTRICE

Pourquoi cette vive allégresse
Qui, sur nos fronts, brille en ce jour ?
C'est qu'à notre bonne maîtresse
Nous témoignons tout notre amour.
Pour nous, vous êtes une mère,
Ferme, mais pleine de bonté ;
La morale avec vous sait plaire,
L'étude est sans aridité.
Oh ! puisse la reconnaissance
Rester empreinte en notre cœur
Aussi longtemps que de l'enfance
Les souvenirs rendent l'ardeur !
Que l'Eternel, sur votre tête,
Amasse de longs, d'heureux jours ;
Et puissiez-vous de cette fête
Voir encor de nombreux retours !

A UNE MÈRE POUR SA FÊTE

Tandis qu'à te fêter [1] en ce jour l'on s'empresse
    Avec nouvelle ardeur,
Ma mère, laisse-moi t'exprimer la tendresse
    Dont est rempli mon cœur.
Tu fus, dès mon berceau, cet ange tutélaire,
    Qui, sur mes jeunes ans,
Laissa tomber à flots l'amour le plus sincère,
    Les soins les plus touchants.
On dit qu'à chaque pas, au chemin de la vie,
    L'épine est sous la fleur ;
Et moi je n'ai trouvé, dans mon âme ravie,
    Ni chagrin ni douleur.
Pourquoi? C'est que toujours, et fidèle et constante,
    Écartant le danger,

[1] Au jour de l'an l'on peut dire : Tandis qu'à *se fêler*, etc.

Tu marches devant moi ; que ta main bienveillante
    Aime à me protéger.
Te plaire désormais deviendra mon étude,
    Mon plaisir, mon bonheur ;
Car je veux te prouver toute la gratitude
    Dont est rempli mon cœur.

A UNE MÈRE AU JOUR DE L'AN

BERTHE.

Que pourrais-je offrir à ma mère,
Au jour de l'an tant célébré ;
Vais-je enrichir son étagère,
D'un objet rare et tout doré ?
Non ; cela ne saurait lui plaire ;
Elle qui donne les jouets,
Dit quelquefois : Je n'ai que faire
De ces riens, de ces hochets.

JEANNE.

De fleurs formons une corbeille,
Dans notre serre, allons cueillir
L'œillet, la grenade vermeille,
Le jasmin qui vient de fleurir.

LOUISE.

Moi, j'en connais de bien plus belles,

Que mère aimera beaucoup mieux ;
On dit qu'elles sont immortelles,
Et que la source en est aux cieux.

BERTHE.

Qui donc t'apprend toutes ces choses?
Enseigne-nous, petite sœur,
Ce qui brille plus que les roses,
Parfume plus que toute fleur.

LOUISE.

Un jour notre bonne maîtresse
Nous dit : il est dans notre cœur,
Le parterre de la sagesse
Et la semence du bonheur.
Il y germe l'obéissance,
La douceur avec la bonté ;
L'amour et la reconnaissance,
La candeur et l'activité.

JEANNE.

Reçois donc, ô mère chérie,
Ce qu'aujourd'hui nous possédons :
Et la gratitude fleurie,
Et l'obéissance en boutons.
L'amour dont la tige se pose
Sur la fleur de simplicité ;
La corolle en est toute rose,
Et le reflet tout velouté.

BERTHE.

Ces fleurs que nous offrons chacune,
Sont bien peu pour notre désir,
C'est là toute notre fortune,
Puissions-nous te faire plaisir !
Nous voulons, pour te satisfaire
Et te procurer du bonheur,
Chaque jour orner le parterre
Que Dieu plaça dans notre cœur.

A UNE MÈRE AU JOUR DE L'AN

AUTRE COMPLIMENT

BERTHE.

Le soleil radieux, de l'an qui recommence,
Se lève de nouveau; célébrons-le, mes sœurs !
Avons-nous fait germer quelque bonne semence,
    Dans le parterre de nos cœurs ?

JEANNE.

Je vois, devant mes yeux, une plaine fleurie;
    Que nous aurons un joli choix !
Et nous déposerons, devant mère chérie,
Un bouquet bien plus gros, que la dernière fois,
Quelle est donc cette fleur dont la tige s'élance;
    Et dont le bouton va s'ouvrir?

BERTHE.

Ne la connais-tu pas, ma sœur?... c'est la science !
Oh ! comme je voudrais la voir s'épanouir !

Ne vois-tu chaque jour notre bonne maîtresse
    Avec grand soin la cultiver ?
    Et puis nous répéter sans cesse :
Enfants, ma tâche est grande, à vous de l'achever !

LOUISE.

Je ne distingue point au sein de mon parterre,
    Cette fleur encor en bouton ?

BERTHE.

Elle y croît cependant ; mais ne paraîtra guère,
    Que vers la prochaine saison.

LOUISE.

J'en possède une aussi toujours fraîche et brillante,
    Et qui jamais ne dépérit ;
    Elle est une image parlante
Du plus beau sentiment, dont mon cœur se nourrit ;
Elle reçoit toujours les perles de rosée,
    Dans son calice virginal ;
Sa tige, sous le vent, ne peut-être brisée :
    On la nomme « amour filial ».

JEANNE.

Oh ! nous l'avons aussi dans toute sa croissance.
Elle est, tu le dis bien, le plus bel ornement.
Elle vient s'enlacer à la reconnaissance,
    En forme le couronnement.

BERTHE

Offrons à nos parents, dans notre douce ivresse,

Ces riches fleurs de notre cœur ;
Et que dans nos transports, nos élans de tendresse,
Ils goûtent comme nous des moments de bonheur.

POUR LA SAINTE-CÉCILE

A une tante.

PAMÉLA ET LÉOCADIE.

PAMÉLA.

Que j'aime à voir venir ce grand anniversaire,
    Cette hommage immortel ,
Qu'en sons harmonieux on rend sur cette terre,
    A la sainte du ciel.
Grands étaient ses transports et noble le délire,
    Que ressentait son cœur ;
Les aspirations s'échappant de sa lyre
    Montaient vers le Seigneur.
Dès longtemps, c'est là-haut, sous le sacré portique,
    Que résonne son chant ;
Qu'avec les chérubins, elle dit un cantique
    Et sublime et touchant.

LÉOCADIE.

Puisse vous accorder votre sainte patrone
    Tous les mêmes bienfaits

Que vous avez versés, vous si tendre et si bonne,
  En nos cœurs satisfaits.
Puisse-t-elle à vos jours donner beaucoup de joie,
  De bénédictions !
Si la peine survient, que le ciel vous envoie
  Des consolations.

AUTRE COMPLIMENT DE JOUR DE L'AN

Chacun paraît heureux dans ce grand jour de fête,
    Et l'on est gai de bon matin ;
Si le ciel exauçait ce que l'on se souhaite,
Comme s'embellirait de chacun le destin !
Les vœux que je ferai, bon père, bonne mère,
    Tous ceux que m'a dictés mon cœur,
Je les forme toujours en disant ma prière :
Les désirs ne sont rien sans l'appui du Seigneur.
A mes sincères vœux, montre-toi favorable,
    O Dieu d'amour et de bonté !
Toi qui dans tes desseins es toujours équitable,
Accorde à mes parents contentement, santé.
Tu me les as donnés, ils sont ma providence,
    Je ne reçois d'eux que bienfait ;
De ces dons, sois loué, Seigneur; dans ta clémence,
Rends à ces bons parents tout le bien qu'ils m'ont fait.

LA SAINT-FRANÇOIS DE SALES

A un oncle.

GASTON ET FERNAND

FERNAND.

Le saint dont aujourd'hui nous célébrons la fête
Avait ce qu'ici-bas l'on estime le plus :
Distinction, richesse, esprit; mais sa conquête
Même en ses jeunes ans fut celle des vertus.
Je voudrais l'imiter...

GASTON.

            Que dis-tu? pauvre frère !
On le voit, tu n'as pas encore de raison ;
A mon oncle, crois-tu que ce discours va plaire?
Toi, devenir un saint! ce n'est plus de saison !
Encor si tu prenais un héros pour modèle :
Démosthène, César, Scipion l'Africain,
Leur art à tes efforts pourrait être rebelle,
Mais il faut suivre un but pour faire son chemin.

FERNAND.

Frère, moi, je n'ai pas ton âge et ta science,
Des Grecs et des Romains j'ignore les hauts faits,
Celle qui cultiva ma jeune intelligence,
M'a de quelques élus raconté les beaux traits.
Assez tôt, disait-elle, on t'apprendra l'histoire,
On t'ornera l'esprit; après un long labeur,
Les exploits des héros rempliront ta mémoire.
Mais qui se chargera de te former le cœur?
L'homme doit constamment travailler sur lui-même,
Il peut, sans être un saint, tendre à le devenir;
Sans principe, il se livre au désespoir extrême,
Quand il voit échouer tous ses plans d'avenir.
Apprends-le, la raison peut cependant, mon frère,
Se trouver quelquefois aux lèvres des enfants:
A mon oncle, en ce jour, je suis bien sûr de plaire
Lui disant: nous serons l'honneur de tes vieux ans.

CE QUI SE DIT AU CIEL .

**A une Dame de patronage pour la fête
de la Sainte-Élisabeth.**

ÉLISABETH.

Dans notre chœur pourquoi n'avez-vous pas chanté?
    O ma douce Marie!
Pourquoi votre regard semble-t-il attristé
    Quand votre bouche prie?

MARIE.

O ma bonne Élisa! je vois l'affreux réveil
    D'un enfant de la terre.
Elle se corrompit, méprisa tout conseil
    Donné par une mère.

ÉLISABETH.

Et quoi! cette pauvre âme est-elle pour toujours
    Au fond du noir abîme?
Et n'eut-elle donc pas au dernier de ses jours
    Le remords de son crime?

MARIE.

Je n'ai pu la sauver... je vois une cité
    Où toute jeune fille
Succombe, hélas! trop vite à la perversité
    Lorsqu'elle est sans famille.

ÉLISABETH.

Marie, oubliez-vous tous ces asiles pieux
    Marchant sous votre égide?
Sur un de vos enfants daignez jeter les yeux :
    De jeunes cœurs le guide,
Elle s'en fait l'appui, et, veillant sur leur sort,
    Grossit notre phalange,
On la fête en ce jour avec amour, transport,
    Un bonheur sans mélange.

MARIE.

Oui, c'est un doux rayon de la félicité.
    Je la vois parmi celles
Qui portent dans leur cœur, roses de charité,
    Les sèment autour d'elles.

POUR LA SAINT-JEAN

Combien ton saint patron fut riche de mérite,
Et digne de remplir sa grande mission!
C'est au sein du désert qu'il vit et qu'il médite,
Qu'il annonce le Christ à toute nation :
« Je ne suis point un roi, point Éli, point prophète,
Répond-il à chacun dans son humilité.
Je ne suis du Sauveur que l'indigne interprète ;
Lui-même m'a choisi, je fais sa volonté. »
Qu'il est grand aujourd'hui, ce pieux solitaire!
Puisse-t-il écouter mon invocation!
Nous sommes comme lui dans l'exil sur la terre,
Et nous avons besoin de sa protection.
Bon père, dans ce jour vivement je l'implore.
Qu'il répande sur toi les grâces du Seigneur,
Qu'il nous bénisse tous, que tu trouves encore
Dans notre affection bien des jours de bonheur.

VERS CHANTÉS POUR LA SAINT-LOUIS

(SUR L'AIR DE LA MARCHE DE FAUST.)

En l'allégresse
D'un jour heureux
Chantons sans cesse
Comme ces preux :
Dans la détresse,
Dans le bonheur,
Amis, Dieu le veut !
Amis, Dieu le veut !
C'est le cri vainqueur

I

D'un grand roi que l'on prie,
Chantons les hauts faits,
La mémoire chérie
Et tous les bienfaits.

A sa chère patrie,
Il fit ses adieux.
Le devoir lui dit, le devoir lui dit,
Cours vers les saints lieux.
    En l'allégresse, etc.

O jour heureux ! O jour heureux !
Le Directeur,
Que nous fêtons
Avec bonheur, avec bonheur,
Dans ses vertus
L'a pour modèle.
L'amour, la foi
Sont dans son cœur ;
L'amour, la foi
Sont dans son cœur.
    En l'allégresse, etc.

II

Son sol natal
Est aux saints lieux,
A ses serments
Il est fidèle,
La volonté
Du Créateur,

Telle est la loi
De ce bon roi,
Sa fermeté
Dans le malheur
Touche le cœur
De l'infidèle.

A UNE MAITRESSE DE COURS

Comment, chère maîtresse, exprimer tous nos vœux,
A vous qui nous guidez au champ de la science,
Dans nos âmes, versez cette heureuse semence
Qui germe sur la terre et se moissonne aux cieux!
Pour peindre notre amour, il nous faudrait des pages
Mais vous en pouvez lire un reflet dans nos yeux.
Ainsi que nos baisers ils vous parleront mieux :
L'éloquence du cœur traduit tous les langages.

APRÈS UNE DISTRIBUTION DE PRIX

COMPLIMENT

Hymne nouveau, chant de réjouissance,
Soyez l'écho de tout notre bonheur ;
   Doux accents de reconnaissance,
   Exhalez-vous de notre cœur.

   Nos prix sont pour nous des richesses,
   On en peut désirer l'excès,
   Remercions et nos maîtresses
Et les témoins de nos premiers succès.

    Hymne nouveau, etc.

   Lorsque par des hommes d'élite
   Chaque prix nous est présenté,
   Il a pour nous plus de mérite
   Et la fête a plus de solennité.

    Hymne nouveau, etc.

Soyons fières, soyons heureuses,
Ils ont souri nous écoutant ;
A tant d'heures si précieuses,
Ils ont, pour nous, dérobé cet instant.

Hymne nouveau, etc.

Rapportons à nos tendres mères
Le fruit si doux de nos labeurs,
Et nos fronts couronnés naguères
Sous leurs baisers seront mouillés de pleurs.

Hymne nouveau, etc.

SUJETS MORAUX

HEURE DERNIÈRE D'UN ENFANT

O ma mère, il m'a dit d'un air triste et chagrin :
Pauvre enfant, vous pouvez encore voir demain,
Mais après... j'ai compris qu'il faudra que je meure
Et qu'un cercueil sera ma dernière demeure,
Te sachant avec moi, que me ferait la mort ?
Je n'aurais rien à craindre, et bénirais mon sort.
Mais devant l'Éternel il me faudra paraître ;
Il est, on me l'a dit, et le juge et le maître
Et de tous mes péchés, il voudra me punir,
Devant lui, tu pourrais alors intervenir.
Tu m'aimes, je le sais, et tu dirais : Pardonne !
Car elle a bien souvent essayé d'être bonne ;
Seigneur, prends pitié d'elle et de ses jeunes ans :
Elle ne peut encor compter que six printemps.

Tu ne me réponds pas, et tu pleures, ma mère ;
Je le sais, tu ressens une douleur amère
De ne pouvoir partir avant l'ordre de Dieu.
Il faut donc nous quitter... donne un baiser... adieu !

TRIOMPHE APRÈS COMBAT

THÉRÈSE.

Tout, jusqu'au souvenir d'un songe redoutable,
Tout est enseveli dans l'ombre du passé;
Tel après la tempête au choc épouvantable,
Le flot est calme et pur, du zéphyr caressé,
Ce souffle, c'est le Dieu qui rafraichit mon âme,
Se plaît à l'inonder de ses torrents d'amour,
C'est la douce clarté qui succède à la flamme,
A l'éclair dont les feux ont fait pâlir le jour.
Quand l'orage a grondé, je me plais à l'entendre,
Où donc, en ce moment, étiez-vous, ô Seigneur?

LE SEIGNEUR.

J'étais là, mon enfant, tout prêt à te défendre,
Recueillant tes soupirs, contemplant ta douleur.

THÉRÈSE.

Eh quoi ! j'osai trembler quand la majesté sainte,

Quand l'œil du Tout-Puissant était ouvert sur moi !
Alors je m'aveuglais, je vivais dans la crainte,
Comme un trop faible cœur, peu fidèle à la loi,
Je vous aimais, Seigneur, mais d'un amour stérile,
Le monde m'abusait par ses enchantements.
Je voulais allier le plaisir si futile
Et l'encens tout profane avec le pur encens.

LE SEIGNEUR.

L'âme se purifie au creuset de l'épreuve,
Et je te châtiai dans mon juste courroux.
De ce cœur qui jamais ici-bas ne s'abreuve,
Ainsi qu'un fiancé je me montrai jaloux ;
Je le voulais pour moi, pour moi seul sans partage,
Car il ne savait pas se donner à moitié.
Vois, lui criai-je alors, vois mon bel héritage !
Il ne m'entendait pas, alors j'en eus pitié.

THÉRÈSE.

Qu'elle est belle, grand Dieu, la sainte Providence !
En y songeant, j'éprouve un suave transport.
D'un grand naufrage elle a sauvé mon innocence ;
Et je puis la louer, car je me vois au port.
Quoi ! j'aurais plus que vous aimé la créature !
Où sont donc les objets de mon attachement ?

LE SEIGNEUR.

Des uns, la mort cruelle en a fait sa pâture,
Les autres? tout en eux subit un changement.

Il vit encor, il est dans la décrépitude,
Cet être qui nous eût à jamais séparés.
Contemple-le, ma fille, en ta sollicitude.
(Il tire un rideau, on voit un vieillard.)
Et relis ton passé sur ses traits altérés...
Vois-tu se dérouler la page de ta vie ?

THÉRÈSE.

Si j'osais...

LE SEIGNEUR.

Parle-moi.

THÉRÈSE.

Je vous dirais, Seigneur :
Je me retrace bien tout ce qui m'a ravie,
Mais cet être... jamais... n'est-ce point une erreur?

LE SEIGNEUR.

Dans tes premiers printemps à l'aurore brillante,
A cet éveil soudain des aspirations,
Il parut sous l'éclat d'une forme attrayante,
D'un esprit révélant mille séductions.
Du monde il se voyait et l'oracle et l'idole;
Un jour...

THÉRÈSE.

Assez, Seigneur, voici le souvenir !
J'allais tout lui donner! oh! combien j'étais folle!
Et votre bras vengeur s'armait pour me punir.
Trente ans se sont passés ; c'est tout une carrière

7.

Mais qu'est-ce que trente ans dans votre éternité ?
Le mouvement que fait votre sainte paupière,
Un accord de la lyre, un hosanna chanté.
Oh ! qu'il me tarde donc d'entonner le cantique,
Et de voir se lever le soleil du grand jour !
Qu'il me tarde d'entrer sous le sacré portique
Et de vous contempler, vous, mon unique amour.
Mais je pouvais vous perdre ! O Seigneur, quand j'y songe,
J'arrose en frémissant ma couche de mes pleurs.
Voir une éternité le père du mensonge !
Ne plus savoir compter ses regrets, ses douleurs ;
Vous aviez effacé mon nom de votre livre,
J'apercevais là-haut mon trône renversé...
Je brûlais, j'étouffais... et je me sentais vivre...
Oh ! c'en est trop, Seigneur, pour mon cœur oppressé !

LE SEIGNEUR.

Éloigne, éloigne donc cette sinistre image !
Ma fille, calme-toi, tes pleurs sont superflus.
Tes vertus ont conquis la gloire, l'héritage ;
Viens, je t'ai préparé la robe des élus.

LES MARTYRS DE LA FOI

DIALOGUE EN TROIS PARTIES.

~~~~~~~~~~

MAXIMIN, empereur.
FAUSTY, impératrice.
CATHERINE, jeune fille d'Alexandrie.

PORPHYRE, capitaine sous Maximin.
ZEUTÈS, philosophe.
PHILOSOPHES, SOLDATS.

~~~~~~~~~~

PREMIÈRE PARTIE

ZEUTÈS, MAXIMIN, CATHERINE, LES PHILOSOPHES.

ZEUTÈS.

Le puissant Maximin m'apprend que dans le temple
Une femme a commis un crime sans exemple;
Troublant le sacrifice en sa solennité,
A tenu des discours remplis d'impiété.
Téméraire! est-ce toi qui, reniant ton culte,
Prodigues à nos dieux le mépris et l'insulte?

CATHERINE.

Oui, c'est moi qui, levant le bandeau de l'erreur,
Osai porter mes pas auprès de l'empereur.

ZEUTÈS.

Ton audace, en effet, surpasse ta jeunesse :
Et l'on m'avait parlé de ta haute sagesse !
Appelles-tu sagesse un zèle injurieux,
Qui tend à réprouver la foi de tes aïeux ?

CATHERINE.

Je possède ce don ; j'aime à le reconnaître,
Il me vient de celui que je nomme mon maître,
Qui gouverne le monde, et qui tient dans sa main
Le sort de tout esclave et de tout souverain.

ZEUTÈS.

Avec des visions l'on te séduit, t'abuse,
A les croire, aisément, la raison se refuse.
Si, comme on nous le dit, tu connais nos auteurs,
Prouve que leurs discours, leurs écrits sont menteurs.

CATHERINE.

J'attends que ton savoir cite leur témoignage.
Et je te montrerai l'erreur à chaque page.

ZEUTÈS.

Écoute Homère : « O dieu vénéré des mortels,
Glorieux Jupiter, entourons tes autels. »

CATHERINE.

Mais dans un autre endroit, il l'accuse de crime.

D'un complot, Jupiter faillit être victime ;
On l'eût exécuté, prévoyait-il son sort?
Lui, puissant, pouvait-il se soustraire à la mort?

ZEUTÈS.

Ailleurs, ce grand poëte ainsi parle au soleil :
« O toi qui resplendis sur ton char tout vermeil,
Divin Phébus dont l'œil fait jaillir la lumière,
Tu guides les humains et fécondes la terre. »
Cesse donc d'adorer l'homme crucifié,
Il n'est par aucun sage ainsi glorifié.

CATHERINE.

Moi ! méconnaître Dieu, la vérité suprême !
Mais il est avoué par Sophocle lui-même ;
N'as-tu donc jamais lu qu'il dit : « Il est au ciel
Un être qui fit tout, que l'on nomme Éternel. »
Ni l'oracle fameux de l'antique Sybille,
Que chacun regardait comme grande et subtile :
Elle annonce le Christ en sa prédiction,
Sa naissance, sa mort, sa résurrection.
« Tout enfant, dans le monde il paraîtra, dit-elle,
Et plus tard, enseignant sa doctrine si belle,
Remplira l'univers de prodiges nombreux,
Chassera les démons, guérira les lépreux. »
Mais voici, philosophe, une bien autre lyre,
C'est Apollon, ton dieu; la vérité l'inspire :
« A mes yeux apparaît une triple splendeur;

Il est l'Être puissant de gloire et de grandeur.
Quand il subit l'affront, la mort, la sépulture,
En lui ne souffre point la divine nature.
Expirant sur la croix, il descend au tombeau.
Bientôt il veut! ce corps s'anime de nouveau. »
Il tira du chaos les mondes invisibles,
L'être métaphysique et les êtres sensibles.
Nous créa ses enfants, voulant nous rendre heureux,
Mais l'enfer en fureur vint nous ravir les cieux,
Et Satan fit peser le péché sur le monde ;
Le Christ dompte l'enfer par sa grâce féconde,
Lui qui fait les soleils de son pouvoir divin,
Qui tient, comme un jouet, le globe dans sa main.
Se rend humble, soumis, et meurt dans la souffrance
Pour racheter l'orgueil, la désobéissance.
Voilà comme il nous ouvre à tous l'éternité.
Dans le ciel en triomphe, après être monté,
Il nous laisse son corps en signe d'alliance,
Et ce corps glorieux est vraiment sa substance :
A l'autel, de nouveau, chaque jour immolé :
« Venez à moi, dit-il ; vous serez consolé. »
Dis-moi, qui parle au cœur avec plus d'éloquence ?
Oppose d'autres traits... tu gardes le silence...

ZEUTÈS.

Ce dernier document est obscur à mes yeux,
Et je n'en puis saisir le sens mystérieux.

CATHERINE.

Ici l'esprit humain se confond et s'efface,
Ce prodige d'amour, en effet le surpasse.
L'Être infini, puissant, qui remplit l'univers
A dit : « Le cœur de l'homme est mobile, pervers,
Je veux descendre en lui, devenir son essence,
Et le purifier par ma sainte présence. »·
Nous pouvons à ce Dieu nous unir tous les jours,
De nos mauvais desseins il arrête le cours.
En ce moment c'est lui qui parle par ma bouche
Sa science m'anime et sa grâce me touche.
Il me fait mépriser les faux biens d'ici-bas.
Rechercher un bonheur qui ne finira pas.
Philosophe, dis-moi, tandis que tu m'écoutes,
Te reste-t-il encor dans l'esprit quelque doute?

ZEUTÈS.

Je crois...

MAXIMIN.

Qu'ai-je entendu ? ne craint-il ma fureur?
Vous, sages, parlez donc, si vous avez du cœur !

LES PHILOSOPHES.

Que dire après celui que l'on sait notre maître?
La vérité dès lors à nous se fait connaître.

MAXIMIN.

Lâches! c'est donc la mort que vous venez chercher !
Qu'on allume à l'instant un immense bûcher.

Quoi ! vous restez muets à l'aspect d'une femme,
Et l'on vous voit trembler ! vous méritez la flamme !
Voilà le seul honneur qui vous soit réservé,
Car ce n'est point en vain que l'on m'aura bravé.

LES PHILOSOPHES, à Catherine.

Oui, tu nous as vaincus ! achèves ton ouvrage :
Comment envers ce Dieu réparer notre outrage ?
Invoque-le ; qu'il calme un trop juste courroux.
Grande sainte à tes pieds nous tombons à genoux.

(Ils se prosternent.)

CATHERINE.

Un moment de regret suffit pour qu'il pardonne,
Et le martyre obtient l'immortelle couronne.
Justes, soyez en paix, livrez-vous à l'espoir,
Auprès des bienheureux, vous paraîtrez ce soir.

DEUXIÈME PARTIE

CATHERINE, dans la prison, FAUSTY, PORPHYRE.

FAUSTY.

Quoi ! l'empereur enferme en d'aussi sombres lieux
Celle qui fit en lui naître de nouveaux feux !

Enfant, n'a-t-il donc point pitié de ton jeune âge?
Dans son cœur de lion, l'amour est donc la rage?

CATHERINE.

Bien vaine est son ardeur, bien vains sont ses désirs;
Je ne ferai jamais l'objet de ses plaisirs.
Faible serait ma force, ô noble souveraine,
Si je ne la tenais de source surhumaine
Mais celui que je sers, qui me donne la foi,
Fait descendre sa grâce et ses bontés sur moi.
L'on cherche à m'effrayer en vain par des supplices,
Dans cet obscur cachot je trouve des délices.

FAUSTY.

Comment donc te soustraire aux horreurs de la faim
Que te fait endurer le cruel Maximin?

CATHERINE.

Le Christ n'a point marqué cet endroit pour ma tombe;
Il daigne m'envoyer une blanche colombe;
Ce messager de paix et de divin amour
Vient m'apporter ici le pain de chaque jour.

FAUSTY, se prosternant.

Noble sainte, à tes pieds vois une criminelle
Qui sous de faux dehors cache une âme cruelle.
Pardonne à mes desseins, à mes transports jaloux.

CATHERINE.

Relevez-vous, de grâce... on se met à genoux
Devant l'Être puissant... C'est lui seul qu'on adore.

FAUSTY.

Ecoute, noble enfant dont la jeune âme ignore
Ce que c'est que le mal... Ecoute mon secret ;
D'un infidèle époux je surpris le projet.
« Je ne puis modérer la fureur qui m'agite,
Il me faut, disait-il, l'apaiser au plus vite,
Quoi ! j'aurais appelé des sages à ma cour
Pour me voir insulté, confondu tour à tour !
Je verrais triompher cette jeune chrétienne,
Et la laisserais libre ? il me la faut païenne.
C'est par ses seuls attraits qu'elle les a séduits,
Devant elle, au silence, ils se sont vus réduits.
Mes efforts sont perdus et ma puissance est vaine,
Si je ne la captive et si je ne l'enchaîne.
Mais comment subjuguer et soumettre ce cœur
Qui n'eut jamais pour moi que mépris, que froideur?
Je veux à ses regards déployer ma richesse,
La flatter, la séduire en la charmant sans cesse ;
Je vaincrai son erreur et son entêtement
Je veux que de ma cour elle soit l'ornement. »
En entendant ces mots, mon cœur rempli d'alarme
S'est gonflé de colère et j'ai saisi mes armes.
Vain complot ! j'aperçois sur ce front radieux
Le reflet pur et doux du plus beau don des cieux.

CATHERINE.

Merci, Dieu de bonté, qui dans cette grande âme

Fites évanouir un dessein lâche, infâme.

(A Fausty.)

Quant à mes propres jours, je n'en fais aucun cas ;
J'attends à chaque instant le moment du trépas.

FAUSTY.

A ton Dieu, je le vois, tu veux rester fidèle ;
Il sait par des bienfaits récompenser ton zèle ;
Je veux ainsi que toi le servir, l'adorer.

CATHERINE.

Que béni soit le ciel qui daigna t'inspirer !
Je vois en ce moment, ô noble impératrice,
Briller ton diadème au soleil de justice.
Dans trois jours, tu viendras au pied de l'Eternel,
Changer un titre vain contre un titre réel.

FAUSTY.

Se pourrait-il ? comment obtenir cette gloire ?
Et comment remporter une telle victoire ?
De Maximin faut-il affronter la fureur ?
Des plus affreux tourments braver toute l'horreur ?
Je n'ai point comme toi cette foi qui transporte
Et contre l'ennemi que je me sens peu forte !

CATHERINE.

Le Dieu puissant et bon qui nous promet des biens,
De les savoir gagner nous donne les moyens.
Aime-le, crois en lui, vis dans la confiance ;
Ses trésors sont le prix d'un moment de souffrance.

Prends courage, jamais tu ne prieras en vain
Si tu cherches l'appui de ce secours divin.

PORPHYRE.

Moi, si je crois au Christ, qu'aurai-je en récompense?

CATHERINE.

Un bonheur sans mélange, un poids de gloire immense·

PORPHYRE.

Que de ce culte saint j'admire la grandeur !
·Je l'embrasse, dès lors, il sait parler au cœur.
Dans les champs, j'ai passé les jours de mon enfance,
Ma jeunesse aux combats; je vis dans l'ignorance.
Dis-moi toute la joie et la félicité
Que l'on goûte au séjour de douce volupté.

CATHERINE.

Ma langue ne saurait décrire l'allégresse
Dont tous les bienheureux sont inondés sans cesse,
De l'Être tout-puissant la suprême beauté,
La gloire, la splendeur, l'éclat, la majesté.
Pour peindre, célébrer et chanter sa louange
Il faudrait ici-bas la lyre d'un archange.

PORPHYRE.

'(Chant.)

Du Christ j'arbore l'étendard,
A mes yeux sa loi se révèle,
Il me tend les bras, il m'appelle :

« Mon fils, pour me servir, il n'est jamais trop tard. »

SOLDATS.

De notre chef suivons la trace,
Au combat volons avec lui.
Sa lumière en nos cœurs a lui !
Cette lumière, c'est la grâce.

Du Christ, etc.

S'il le faut, courons au martyre,
Pour confesser la vérité ;
Les portes de l'Éternité
Nous conduiront dans notre empire .

Du Christ, etc.

———

TROISIÈME PARTIE

SCÈNE I.

MAXIMIN, CATHERINE.

MAXIMIN.

Enfin, céderas-tu ? Vois la punition
Que méritent l'orgueil et la présomption.
Comme jadis aux dieux, viens faire un sacrifice ;
Tous les plaisirs pour toi feront place au supplice.
Tes charmes régneront en ces lieux désormais ;
Ils ont déjà conquis mon trône, mon palais.

Ta jeunesse, ton rang, en toi tout est bien digne
Du respect, de l'amour, d'une grandeur insigne.

CATHERINE.

Infâme ! tu voudrais me tenter, m'éblouir !
Mon cœur est en effet avide de jouir,
Oui, d'un grand roi j'attends un sceptre, une couronne
Des honneurs, mais non pas ceux que la terre donne,
Ici-bas la beauté n'est qu'un don passager ;
Là-haut, elle rayonne et ne saurait changer,
Oui, j'ai soif d'amour pur, de richesse, de gloire :
Aux coupes des méchants je dédaigne de boire.

MAXIMIN.

Quoi ! tu m'oses braver ! apprends que l'empereur
Ne mettra plus de borne à sa juste fureur.
Tu te ris du bûcher, du fer ; mais la torture,
Maximin, t'apprendra comme il faut qu'on l'endure.

(Il sort, on emmène Catherine.)

SCÈNE II.

FAUSTY, seule.

J'espérais voir encor Catherine en ces lieux,
La presser dans mes bras, lui faire mes adieux.
Mais quoi ! c'est à présent l'heure de son martyre !
Auprès de Maximin, j'ai reconnu Porphyre.
Il marchait en silence et paraissait rêveur.
Bien différent de lui se montrait l'empereur :

Un farouche plaisir brillait sur son visage,
Il allait assouvir les transports de sa rage.
Quel fruit retire-t-il de ses nombreux forfaits ?
Je frémis quand je songe aux meurtres qu'il a faits.
Se rendra-t-il par là les dieux plus favorables ?
Ses dieux ! ils ne sont point puissants et redoutables.
Peuvent-ils inspirer le sentiment du bien,
Dont paraît embrasé le cœur de tout chrétien ?
Ils bravent la torture et l'espoir les console
Eh ! qui voudrait souffrir pour l'amour d'une idole ?
Il existe un seul être invisible et caché
Que les uns ont servi, que d'autres ont cherché,
Je connais peu ses lois, son culte, sa doctrine,
Je sais qu'il a formé le cœur de Catherine,
A ce culte, je veux apprendre à me plier,
Mais pour adorer Dieu, je ne sais pas prier.
Dès ce moment la sainte a quitté cette terre,
Elle me l'eût appris; seule, que puis-je faire ?
Elle m'a dit : « Là-haut, tu viendras dans trois jours,
Tu ceindras la couronne et régneras toujours, »
Ce temps est écoulé !... cependant rien ne change,
Qu'ai-je fait pour goûter un bonheur sans mélange ?
Peut-être elle parlait dans une vision
Qui sur mes vrais destins versait l'illusion.

SCÈNE III.

FAUSTY, PORPHYRE.

PORPHYRE.

Que bénis soient les dieux qui nous ont entendus!
L'empereur et les siens ont été confondus.

FAUSTY.

Que s'est-il donc passé ? dites-le-moi, Porphyre,
Tâchez de ranimer mes esprits en délire.

PORPHYRE.

Peut-être ignorez-vous du tyran les complots,
Je vous en instruirai, madame, en quelques mots.
Sa cruauté forgea l'infernale machine
Qui devait dans ses fers déchirer Catherine.
L'instrument épargnant des membres délicats
Aux yeux des spectateurs, soudain vole en éclats,
Elle atteint le bourreau, l'instrument des supplices;
Elle renverse aussi plusieurs de ses complices;
L'on exclame aussitôt parmi les rangs païens :
Il est grand et puissant le maître des chrétiens !

FAUSTY.

Je cours vers le tyran.

PORPHYRE.

C'est chercher la torture.

FAUSTY.

On la subit toujours lors même qu'on abjure.

Mon cœur a dès longtemps reconnu le vrai Dieu,
Je veux mourir pour lui, brave Porphyre, adieu !

(Elle sort.)

SCÈNE IV.

PORPHYRE, seul.

Quel magique pouvoir anime sa grande âme ?
L'amour d'un Etre grand, voilà ce qui l'enflamme.
Éprise jusqu'ici des plaisirs d'ici-bas,
Avec la même ardeur, Fausty vole au trépas ;
Elle veut, des élus, avoir la récompense.
Le séjour éternel est autre qu'on ne pense,
Autre que les païens jusqu'ici l'ont rêvé :
Un splendide festin toujours inachevé.
Pour des destins plus grands la créature est faite ;
Mais admirant du Christ la doctrine parfaite,
Pourquoi tarder encor à déclarer ma foi ?
Trouverais-je en Fausty plus de force qu'en moi ?

SCÈNE V.

MÊME, CATHERINE.

CATHERINE.

La troupe des élus chante un nouveau cantique
Pour recevoir Fausty sous le sacré portique,

8

Elle entre triomphante au céleste séjour,
Elle règne à jamais auprès du Dieu d'amour.

PORPHYRE.

Eh quoi ! l'impératrice a subi son martyre ?

FAUSTY.

Oui, par d'affreux tourments qu'on ne saurait décrire.
Mais ce sublime effort vaut une éternité.
Là-haut tout sacrifice au centuple est compté.

SCÈNE VI.

LES MÊMES, MAXIMIN.

MAXIMIN.

Quoi ! Porphyre en ces lieux avec ma prisonnière ?

PORPHYRE.

Porphyre s'est rangé sous une autre bannière.
Il ne voit d'un côté qu'erreur et lâcheté,
De l'autre dévouement où luit la vérité.

MAXIMIN, à part.

Grands dieux ! j'ai donc perdu mon plus grand capitaine.

PORPHYRE.

Tes sujets n'ont pour toi que mépris et que haine.
Et même le païen, de tes crimes lassé,
Frémit au souvenir de tant de sang versé.

MAXIMIN.

M'insulter ! voilà donc ta dernière conquête ?
Gardes ! saisissez-le ; qu'on lui tranche la tête !

PORPHYRE.

Tyran, réjouis-toi, tous mes braves soldats
Sous tes coups meurtriers me suivront au trépas.

MAXIMIN.

Avec cette même arme il faut faire justice
   (Se tournant vers Catherine.)
De celle qui répand le trouble et l'artifice.

CATHERINE.

Soldats, n'approchez point avant qu'à l'Éternel
Mon cœur ait consacré ce moment solennel.
Dieu d'amour et de paix, entendez ma prière :
« Vous avez fait briller à mes yeux la lumière,
Dans vos divins sentiers dirigé tous mes pas,
Sur mon âme daignez étendre votre bras ;
Que votre charité la porte sur ses ailes,
Pour entrer avec vous aux voûtes éternelles.
Que voulez-vous de moi pour prix de vos bienfaits?
Que j'immole les dons que votre amour m'a faits.
Que j'offre tout mon sang pour votre sainte cause?
Oh! pour vous obtenir que c'est donc peu de chose!
Puisse la vérité qui règne en vous, Seigneur,
De ce peuple idolâtre, enfin toucher le cœur.
Puisse chaque prière en mon nom prononcée,
Par vous, Dieu de bonté, toujours être exaucée ! »

FLORISE, APULÉE, THERRALIS

PERSONNAGES ALLÉGORIQUES

FLORISE.

Quel est le sort fatal ici qui nous rassemble ?

APULÉE.

Le chagrin, puis l'espoir m'engagent à venir.
Je me vois sans asile, et j'ai le souvenir
Que jadis, comme sœurs, nous vécûmes ensemble.

FLORISE.

En effet avec toi, je vis de tristes jours !
Pourquoi par ta présence en retracer l'histoire ?
Crois-tu que de ce temps je garde la mémoire ?
Il a, grâce à mes soins, disparu pour toujours.
Que d'horreur, que d'effroi m'inspire la misère ?
J'ai su par mon travail, par mon activité,
Eviter cet écueil que tes pieds ont heurté ;
Aujourd'hui je reçois les honneurs de la terre ;
Entre nous deux, vois donc l'abîme désormais.

Eh ! crois-tu que je veuille abriter ta paresse !
Tes semblables viendraient m'importuner sans cesse.
Quitte à l'instant ces lieux et n'y reviens jamais !

APULÉE.

Quoi ! tant de dureté jointe à tant d'injustice !
Faut-il que le malheur inspire le mépris ?
Que le riche se montre insensible à ses cris,
Et pour être estimé, faut-il qu'on réussisse ?
Madame, plus que vous je hais l'oisiveté;
J'aurais même conquis une certaine aisance
Sans les complots, la ruse, et sans ma confiance,
Sans mes dons généreux et sans ma probité !
Vous avez réussi par des moyens contraires.

FLORISE.

Misérable ! d'abord tu voulais me flatter !
N'ayant rien obtenu, tu viens à m'insulter.
Ce sont de tes pareils les moyens ordinaires.

THERRALIS, s'avançant.

Sors d'ici... mais quel est ce personnage affreux ?
Il s'avance à grands pas.. jour terrible, funeste !
Qui l'a fait pénétrer ! O vengeance céleste.

THERRALIS.

A tout heure, soudain, je pénètre en tous lieux !

APULÉE.

Eh ! c'est donc toi jadis qui vins à m'apparaître !

8.

FLORISE.

Qui vous amène ici ? que voulez-vous de moi ?

THERRALIS.

Je viens pour te chercher, ainsi prépare-toi !
Il te faudra dès lors apprendre à me connaître.

FLORISE.

Non, non, retirez-vous, ô spectre de malheur !

THERRALIS.

Eh ! ne sais-tu donc point où s'étend ma puissance ?
Je frappe le vieillard, je moissonne l'enfance ;
Je surprends l'âge mûr, le jeune homme en sa fleur.

FLORISE.

En quels sinistres lieux voulez-vous me conduire ?

THERRALIS.

Et qui donc êtes-vous ?

FLORISE.

       Je suis pour les heureux
Un objet de terreur, repoussant, odieux,
Et pour l'âme du juste un rayon qui vient luire.
Où je veux te mener? où vont tous les mortels ;
Vers celui d'où tu viens ; vers celui qui m'envoie ;
Tremble, si tu n'a pas suivi la bonne voie !
Ensemble nous allons au séjour éternel.

    (Elle se découvre.)

THERRALIS.

C'est la mort ! juste ciel ! épargne-moi, de grâce !

                                           8.

Du fruit de mes labeurs, je veux jouir encor,
Moi, quitter ces bijoux, ces lieux chéris, cet or !
M'éteindre jeune encore ! à d'autres faire place !
Ce serait trop affreux !

TIIERRALIS.

Quand as-tu pardonné?
Je t'épargnerais, toi ! qui n'épargnes personne !
Qui ne veux qu'entasser et qui jamais ne donne !
Je suis inexorable et ton heure a sonné !

FLORISE.

Encore quelques jours !

THERRALIS.

Non, non, pas même une heure.
L'objet de tes mépris, de ton emportement.
Va de suite avec toi changer de vêtement :
Il te faut lui laisser tes biens et ta demeure.

FLORISE.

Ce sont là de tes coups, triste fille du sort!]

APULÉE.

Ce sont là de tes dons, aimable messagère !
Mais je n'oublierai pas dans mon destin prospère,
Et les besoins du pauvre, et ta puissance, ô mort !

UNE VISION

Ma mère, cette nuit, étrange fut mon rêve !
    Et sans savoir pourquoi,
Je tremble en y songeant ; tour à tour il s'achève
    Dans l'espoir et l'effroi.
Voici que devant moi se présentent deux anges...

ÉLÉZAEL.

    « Je dois guider tes pas,
Te sauver des écueils, des abîmes, des fanges
    Qu'on rencontre ici-bas. »

SALATIEL.

« Viens plutôt avec moi, ma douce créature ;
    Je veux te protéger.
Pourquoi t'offrir du monde une triste peinture,
    T'effrayer sans danger ?
A tes yeux enchanteurs j'épargnerai les larmes,
    Le travail à tes mains ;

Plus d'angoisse avec moi, dans ton cœur plus d'alarmes,
    Plus de maux, de chagrins. »

ÉLÉZAEL.

« Enfant, n'écoute point la voix trompeuse, impure,
    Les accents d'un maudit.
Vois la blanche colombe : ainsi ton âme est pure,
    Rayonne, resplendit.
Je veux te préserver, de même que ta mère
    Veille sur ton berceau ;
De même que le mâle en sa course légère
    Garde son nid d'oiseau.
Travail, combat, souffrance, hélas ! telle est la vie
    Offerte à tout mortel :
S'il sait les surmonter, s'il se soumet, s'il prie,
    Pour lui s'ouvre le ciel. »

SALATIEL.

« Plaisirs, enivrement, délice offre la terre
    A qui veut en jouir.
C'est un jardin fleuri, c'est un riant parterre
    Qu'on voit s'épanouir. »
Mes yeux en ce moment s'arrêtèrent sur l'ange
    Qui me berçait d'espoir ;
J'étais pensive alors. Soudain le tableau change...
    Je crois apercevoir
Deux routes devant moi : dans l'une, triste, aride,
    M'attend Élézaël.

Dans l'autre, où tout fleurit et charme l'œil avide,
     Je vois Salatiel.
Je m'élance vers lui ; d'un sourire il m'accueille
     En me tendant les bras.
Joyeuse, je le suis, je folâtre, je cueille
     Des roses sous mes pas.
A travers les bosquets pénètre la lumière
     D'un splendide couchant ;
Et l'oiseau, dans un nid de mousse et de bruyère,
     Fait entendre un doux chant.
Tout est pour moi surprise, enchantement, délice...
     Soudain, tout disparaît ;
Le vent souffle, il fait froid ; un affreux précipice
     A mes yeux apparaît.
Palpitante d'effroi, je cherche en vain mon guide,
     La trace de ses pas.
Hélas ! autour de moi je ne trouve que vide ;
     J'entrevois le trépas.
Je sens, à ce moment de trouble et d'épouvante,
     Tous mes sens se glacer ;
Dans le gouffre qui m'ouvre une bouche béante
     Je voudrais m'élancer.
Voici que retentit la voix douce et sonore
     De l'ange Élézaël :
« Arrête ! pauvre enfant, il en est temps encore.
     Sous la voûte du ciel,

Entre l'abîme et moi, vois cet étroit passage.
  — Mon sauveur ! mon conseil ! »
M'écriai-je joyeux. Mais bientôt toute image
  S'efface à mon réveil.
Enfant, Dieu t'a parlé par cette allégorie,
  Voilà bien nos combats,
Écoute ton bon ange ; en la route fleurie
  Oh ! ne t'engage pas !

LES OASIS.

Un jeune enfant faisait un pénible voyage
  Avec son précepteur.
Oh ! sans doute bien loin, et sur une autre plage,
  L'attendait le bonheur ;
Mais il fallait passer par un désert immense
  Et des sables brûlants ;
Supporter les chagrins, les ennuis de l'absence
  Dès ses plus jeunes ans ;
De la faim, de la soif, endurer la torture ;
  Pas une goutte d'eau,
Un horizon sans fin, une morte nature
  Sans vallon ni coteau.
Il allait succomber aux maux que sa faiblesse
  Avait longtemps soufferts,
Quand tout à coup il voit des fruits de toute espèce
  Et de grands arbres verts ;

Dans un lit de gazon une source limpide
    Répandait sa fraîcheur :
C'était une oasis ; auprès d'un sol aride
    Quel spectacle enchanteur !
« Oh ! dit-il dans l'élan de son âme ravie,
    J'entends chanter l'oiseau.
Là, venons nous asseoir et renaître à la vie,
    Au bord du clair ruisseau.
— Non, dit son précepteur avec sa voix sévère,
    Je ne puis m'arrêter.
Là-bas au sol natal nous attend votre père,
    Iriez-vous l'irriter?
Pour lui point de retard, point de délai, d'obstacle,
    Il a compté les jours;
Sa volonté, pour moi, c'est une voix d'oracle
    Que j'écoute toujours. »
L'enfant n'insista point; mais il baissa la tête
    Et répandit des pleurs.
Amis, vous condamnez tous d'une voix secrète
    Du Mentor les rigueurs.
Mais cet enfant, c'est nous, voyageurs sur la terre;
    L'oasis, nos printemps,
Dont il faut fuir, hélas! les douceurs passagères!
    Le maître, c'est le temps.

LA LEÇON DU PAUVRE

« L'air est frais, le ciel bleu n'a pas un seul nuage,
Et je n'en puis jouir; enfermé dans ces lieux,
Il me faut voir au loin jouer ceux de mon âge.
Là-bas, dans la prairie, ils semblent si joyeux !
Oh ! que mon sort est triste, et ma douleur amère ! »
Ainsi se plaignait Paul tout seul à la maison,
Mais il avait été rebelle envers sa mère ;
Pour cela, mes enfants, il restait en prison.
Il murmurait encor, quand une voix plaintive
Résonne à son oreille: « Oh ! de grâce, du pain !
Faites, Dieu de bonté, que le secours m'arrive,
Que je sois délivré des tourments de la faim. »
A ces tristes accents, au ton de la prière,
Paul' tout ému, regarde ; il voit un jeune enfant.

Ses habits en lambeaux annoncent la misère ;
Des pleurs sont dans ses yeux ; il est pâle et souffrant.
« Ami, n'as-tu donc point de famille, de père ?
— Ils sont allés au ciel ; depuis hier, hélas !
Sur un lit de douleur s'est éteinte ma mère :
Je vais tous les rejoindre, a-t-elle dit tout bas.
— Alors, te voilà libre ? Au sein de la campagne,
Tu peux jouer, courir, et n'es jamais puni !
— Libre ! quand j'ai perdu mon soutien, ma compagne !
Quand je me vois sans pain, délaissé, sans ami !
Notre asile était triste, étroit, retiré, sombre,
Et ma mère souffrait et travaillait toujours ;
J'étais heureux, pourtant ! dès lors je suis du nombre
Des pauvres orphelins qui pleurent tous les jours.
C'est elle qui m'apprit la petite prière
Que vous venez d'entendre, elle avait ajouté :
« Oh ! si tu la dis bien, va, mon enfant, espère,
« D'un cœur compatissant tu seras écouté. »
— Elle t'a prédit vrai vers son heure dernière ;
Ami, sèche tes pleurs, et puis reviens demain,
Car de te soulager je vais prier ma mère :
Elle donne toujours au pauvre, à l'orphelin. »
Et lorsqu'il la revit, Paul accourut vers elle :
« Oh ! que je suis heureux, mère, de te revoir !
Je ne veux plus jamais être entêté, rebelle ;
Je prierai le bon Dieu le matin et le soir. »

Et sa mère, pleurant de joie et de surprise,
Embrassa son cher fils, pressé contre son sein.
Quand, au déclin du jour, seule elle fut assise,
Paul, ému, lui parla du petit orphelin.

SUJETS DIVERS

UN CHAGRIN

L'automne n'était point sous son manteau de brume
Et possédait encor de séduisants appas.
Emma, le front pensif, le cœur plein d'amertume
Disait : De ce beau jour je ne jouirai pas.
Adieu ma liberté, mes jeux sur l'herbe épaisse,
Lorsqu'un riant matin se levait à mes yeux,
Que, dans les prés tout verts, je folâtrais sans cesse,
Et que le vent léger caressait mes cheveux.
On verra se flétrir dans mon riant parterre
Les fleurs, les arbrisseaux que mes mains ont plantés ;
Je ne poursuivrai plus, dans sa course légère,
L'agile papillon aux reflets veloutés.
Je savais le saisir, lorsque sur la corolle
Il venait se poser, après mille détours.
Adieu tout mon bonheur ; désormais à l'école,
Sérieuse, il faudra s'appliquer tous les jours !

Elle s'en alla triste, en dévorant ses larmes,
Jetant sur la campagne un regard douloureux.
Tel l'exilé, quittant un pays plein de charmes
Et mille objets chéris, adresse ses adieux.

APRÈS CINQ MOIS

«Emma, vois, ce matin, le ciel est d'un bleu pur,
Les jardins sont ornés de fraîches violettes,
L'étang a des poissons, le bois a des fauvettes,
L'air a des papillons de feu, d'or et d'azur.
Veux-tu, durant ce jour, au sein de la prairie,
Courir et déployer ton ondoyant filet ;
Folâtrer dans les bois, et mêler un couplet
A celui de l'oiseau, sur la branche fleurie ;
Ou bien veux-tu plonger ta ligne dans les eaux ?
— Mère, j'aime la fleur, le papillon qui vole,
La fauvette, l'étang ; mais j'aime autant l'école ;
Tous mes jeux, au retour me paraissent nouveaux. »
Sa mère, la voyant et sage et studieuse,
L'embrassa tendrement et loua son désir :
« Tu connais, chère enfant, le secret du plaisir ;
Garde-le dans ton cœur, et tu seras heureuse. »

MOT D'ALEXANDRE

Alexandre disait d'un accent douloureux
En voyant les succès, la gloire de son père :
« J'admire sa vaillance et ses exploits nombreux ;
Mais son malheureux fils n'aura plus rien à faire ! »
Il se trouvait alors bouillant de noble ardeur ;
De ses justes regrets, oh ! je comprends la cause !
Et je devine bien plus d'un littérateur,
En fait d'écrits divers pensant la même chose.

9.

SI J'ÉTAIS ENFANT

Vous avez souvent dit, amis, dans un beau zèle :
« Si je devenais juge ! avec l'air imposant,
Je rendrais des arrêts d'une voix solennelle. »
Bien des juges ont dit : « Oh ! si j'étais enfant ! »

Si j'étais général ! la gloire militaire
Irait à mon humeur ; d'un coup en combattant
Je voudrais renverser vingt ennemis par terre.
Des généraux ont dit : « Oh ! si j'étais enfant ! »

Si j'étais empereur ! tous les jours sont des fêtes,
Même un roi, devant vous, passe en vous saluant ;
On a tout le renom, tout l'honneur des conquêtes.
Des empereurs ont dit : « Oh ! si j'étais enfant !

Moi, je préférerais à tout d'être poëte :
On rêve en la campagne, on est indépendant ;
Votre nom retentit et chacun le répète.
Les poëtes ont dit : « Oh ! si j'étais enfant ! »

UNE APPARITION

Le soleil dès longtemps sur la côte lointaine
Avait, de ses reflets, coloré le hameau ;
Un léger crépuscule étendu sur la plaine
Laissait apercevoir encor quelque troupeau.
Deux enfants étaient là ; peut-être la bergère
Voulant orner son front de quelque simple fleur,
Avait erré trop tard avec son jeune frère
Dans le bois, étalant les plus vives couleurs.
« Sœur, vois comme il fait nuit, va chercher ta houlette ;
Moi, je vais rassembler mes chèvres, mes moutons ;
Nous sommes attardés ; peut-être on nous apprête
Un rude châtiment, si nous ne nous hâtons. »
Ils allaient s'élancer, quand chacun d'eux s'arrête...
Une femme, ou plutôt la céleste beauté,
Apparaît à leurs yeux : un voile est sur sa tête,
Autour d'elle reluit la divine clarté ;

L'or ni les diamants ne forment sa parure ;
Sous ses fragiles doigts s'agite doucement
Le rosaire béni qui brille à sa ceinture ;
La croix qui le termine est son seul ornement.
Elle semble marcher pourtant dans la prairie ;
L'herbe n'a point plié sous son pied délicat ;
Puis autour d'elle éclôt la rose épanouie,
Avec tous ses parfums, avec tout son éclat.
Les pâtres étonnés demeurent immobiles.
« Enfants, ne tremblez point ; il vous faut approcher. »
A cette voix si douce ils se montrent dociles.
Elle s'assied alors à l'angle du rocher :
« Aimez-vous Dieu ? pas trop ; et la Vierge ? non, guère ;
Vous ne priez donc point, ô mes pauvres enfants !
Pour que Dieu vous bénisse, et donne à votre père
Le pain qui vous nourrit, et l'abondance aux champs ?
Le Seigneur est si bon ! il écoute l'enfance ;
Demandez-lui sa grâce, afin d'avoir la foi,
Afin d'avoir l'amour, la crainte, l'espérance.
Plus grands, priez encore ; observez bien sa loi ;
Trop souvent on l'irrite ; alors dans la famille,
Que dis-je ? dans le monde, il pèse un grand malheur.
Le blé manque aux épis, et l'herbe à la faucille ;
Le soleil à la terre, et les fruits à la fleur.
De mon fils, dès longtemps, j'implore la clémence,
Et quand il veut frapper, moi, j'arrête son bras.

Mais il fera bientôt éclater sa vengeance ;
Puis-je donc le prier toujours pour des ingrats ?
Si l'homme ne devient ni meilleur, ni plus sage,
Une affreuse disette arrivera soudain,
Son labeur ne sera qu'un pénible esclavage ;
Sa récolte, les pleurs et les maux de la faim.
S'il veut se repentir, faire un retour propice,
Le Dieu qu'il méconnut, tout prêt à pardonner,
Se laissera fléchir, et sa main bienfaitrice
Répandra les trésors qu'il se plaît à donner.
De germes malfaisants la terre étant purgée
Au centuple rendra sous le regard du ciel.
La tête des épis s'inclinera chargée,
La fleur recélera des réservoirs de miel.
Et l'on verra régner le bonheur, l'abondance. »
Elle dit, et soudain, se voilant à leurs yeux,
Dans un nuage blanc disparaît en silence.
Oh ! qui peut en douter ? c'est la reine des cieux !
La pierre sur laquelle elle s'était assise
Devient une relique, un objet vénéré.
Quand, pour la partager, sous le fer on la brise,
Des traits y sont empreints : c'est le Christ révéré.
Nos bergers, dès ce jour, cherchèrent avec zèle
A ramener chacun vers la dévotion.
L'existence, pour eux, semblait toute nouvelle
Depuis le jour si beau de l'apparition.

UN PEU DE PHILOSOPHIE

A quinze ans je voyais, dans un léger chagrin,
  Un malheur que rien ne surpasse ;
Désormais plus de joie, et plus de jour serein :
  Il a passé comme tout passe !
Quand un riant matin venait à m'éblouir,
  Oh ! sans jamais en être lasse,
Avec trop grande ardeur je voulais en jouir :
  Il a passé comme tout passe !
Sous le plus sombre aspect s'offrait mon avenir.
  Mais quel cercle étroit l'œil embrasse !
Que deviendront mes jours ? Un faible souvenir
  Qui passera comme tout passe !

CÉLESTINE

Ainsi qu'un beau matin passa son existence,
Puis, comme une vapeur, s'envola vers les cieux.
Son front noble et serein retraçait l'innocence,
Son âme douce et pure était peinte en ses yeux.
Je la vis un beau jour lorsque son cœur de vierge,
En la sainte demeure, à son Dieu vint s'unir.
Parmi ses jeunes sœurs toutes portant un cierge,
Ange, elle demandait à Dieu de nous bénir.
Alors je contemplai cette enfant belle, pure,
Et je semblais jouir par un instinct secret.
Le sanctuaire alors offrait une peinture,
Une image d'en haut, un suave reflet.
Sans doute elle comprit la grandeur du mystère,
Sans doute dans son cœur Dieu résida longtemps,
Elle grandit; et puis, des plaisirs de la terre
Elle vint à jouir en ses premiers printemps.

Parmi l'essaim joyeux d'une aimable jeunesse,
De rose revêtue elle parut un soir.
Ses beaux cheveux châtains tombaient en longue tresse
Belle de sa candeur, qu'elle plaisait à voir !
Malgré l'enivrement que toute joie excite,
Je vins à réfléchir, hélas ! bien mûrement.
Que vous avez d'attraits ! mais que vous passez vite,
Ombre de ce bonheur qu'on cherche vainement !
Célestine était gaie... et pourtant son sourire
Soudain me fit trembler, et je rêvai de mort.
Une larme en ces lieux ! quand tout semblait me dire :
Jouis ; de tes succès, ressens un doux transport !

. . . .

A peine un mois plus tard, un nouveau mausolée
Dans le champ du repos est couronné de fleurs ;
Et là, chaque matin, une mère isolée
S'agenouille en silence, et puis verse des pleurs.

LES VACANCES

Sur votre front serein la joie éclate et brille ;
Enfin, vous vous trouvez sous le toit de famille ;
Un grand-père en ses bras vous presse avec amour;
Tout semble en ce moment fêter votre retour,
Tout s'anime, tout rit, tout revit, tout s'enchante?
Et votre oiseau chéri s'éveille, saute et chante,
Les fleurs dressent leur tige et s'ouvrent au soleil
Pour vous montrer encor leur calice vermeil.
En vos joyeux ébats courez dans la campagne,
Réalisez enfin ces châteaux en Espagne
Qu'il vous était si doux de bâtir chaque soir.
Quand avant le repos le cœur est plein d'espoir,
A vos nombreux désirs la nature se prête ;
Elle a tous ses trésors, tous ses habits de fête.
La pêche se colore et le raisin mûrit ;
L'arbre, dans le verger, s'incline sous le fruit ;

Le fleuve a des poissons, le bois a des ombrages ;
Le parterre est riant, l'air a de doux ramages ;
Le zéphyr est plus frais qu'au milieu de l'été ;
Le soleil, moins brûlant, à plus de majesté ;
Le feuillage est plus vert ; le lac est plus limpide ;
Avec le nautonier fendez l'onde rapide,
Ou bien cherchez la carpe à côté du pêcheur,
Cueillez la grappe d'or avec le vendangeur,
Ou plutôt, à rêver si votre âme se prête,
Admirez l'astre en feu, comme fait le poëte.
Puis, lorsque de vapeurs le ciel se couvrira,
Que vers d'autres séjours l'oiseau s'envolera,
Revenez au travail, revenez-y sans larmes,
Vous y rencontrerez des douceurs et des charmes,
Aux lois de l'Éternel apprenez à plier :
Ménager ses plaisirs, c'est les multiplier.

MA MÈRE[1]

Parmi les chœurs divins, je la vois ; qu'elle est belle !
Son riche vêtement de blancheur étincelle.
Oh ! comme sur son front rayonne le bonheur !
La lyre est dans sa main ; l'amour est dans son cœur.
Elle souffrait sur terre, et là-haut elle chante.
Que sa voix me paraît et suave et touchante !
Elle a jeté sur moi des regards attendris,
Et de ravissement tous mes sens sont épris.
« Lorsque je te laissai seule dans cette vie,
Orpheline, sans biens, à l'âge qu'on envie,
Depuis ce triste jour, dès longtemps écoulé,
Pauvre enfant ! que de fois tes larmes ont coulé !

[1] J'ai pensé ne pouvoir mieux terminer mon livre qu'en y ajoutant ces lignes, quoique le sujet n'entre point dans le plan de l'ouvrage.

Tu n'as point encor sur la terre
Épuisé cette lie amère.
Crois-moi, fais un dernier effort...
Quelques gouttes... et puis la mort.
Encor quelques mépris du monde,
Des jours de détresse profonde ;
L'espoir trompé de l'amitié ;
Les froids regards de la pitié.
Vague aspiration de gloire,
Combat, tristesse, et puis victoire !
Tous les nôtres sont des élus,
Mon enfant, ne nous pleure plus...
Ils ont prié... Voici la place...
  Dans le sein de ce lieu de grâce. »

TABLE DES MATIÈRES

DIEU ET LA NATURE

DIALOGUES HISTORIQUES

COMPLIMENTS

SUJETS MORAUX

SUJETS DIVERS

PARIS. — TYPOGRAPHIE A. HENNUYER, RUE DU BOULEVARD, 7.